Timmys Erbe

In liebevoller Erinnerung an unser Mopsleben mit Epilepsie

Gaby Hoffmann & Ghostwriter Timmy

Timmy's Erbe

In liebevoller Erinnerung an unser Mopsleben
mit Epilepsie

© 2025 Gaby Hoffmann
Verlag: BoD · Books on Demand GmbH,
Überseering 33, 22297 Hamburg,
bod@bod.de
Druck: Libri Plureos GmbH,
Friedensallee 273, 22763 Hamburg
ISBN: 978-3-7693-2808-0

In liebevoller Erinnerung

Geliebter Babybär,

nachdem du uns am 17. Februar 2025 kurz nach deinem 14. Geburtstag recht plötzlich verlassen hast, stand schnell für mich fest, dass nun der richtige Zeitpunkt für Buch 2 ist! Zum einen als bleibende Erinnerung an dein oder besser unser Mopsleben mit Epilepsie und zum anderen, um dein Erbe anzutreten und weiterhin Hundebesitzer im Kampf gegen die Epilepsie zu unterstützen. Ich weiß, dass das genau in deinem Sinne wäre!

Darum wird dieses Buch unterteilt in Teil 1, in dem es um dich und uns geht, Teil 2 mit Erfahrungswerten und Tipps für Betroffene zum Umgang mit der Erkrankung und Teil 3, der mir ein persönliches Anliegen ist.

Natürlich kann man nichts verallgemeinern, aber nach fast 11 Jahren Epifell-Intensiv-Pflege und der fast genauso langen Betreuung einer sehr großen Online-Community für betroffene Hundehalter gibt es definitiv den ein oder anderen Tipp, der anderen Betroffenen zumindest ein Stückchen weiterhilft, der sie Mut schöpfen lässt und gerade die Anfangszeit mit 1000 Fragezeichen etwas erträglicher macht.

Das Ganze soll als Leitfaden von Besitzer zu Besitzer und vielleicht auch als Ansatz für das nächste Gespräch mit dem Tierarzt dienen. Bitte bedenkt immer, dass weder ein Buch noch eine Gruppe oder sonst etwas den Tierarztbesuch ersetzt!

Timmy, du warst ein haariger Epi-Botschafter und zusammen haben wir viele tolle Menschen kennengelernt, die nun alle um dich trauern. Aber ich bin sicher, dass du jetzt mit Oma und Opa da oben sitzt, mit „verbotenen" Dingen vollgestopft wirst und weiterhin auf alle aufpasst!

Du brauchst keine Tabletten mehr nehmen, nicht mehr nach der Uhr leben und wenn du Bock hast, pillerst du nun der Epihexe von oben auf den Kopf!

Mein kleiner Held,
wir vermissen dich unfassbar.
Dein Motzen, das Pochen auf dein Recht,
deine Liebesbekundungen, dein
Kringelschwänzchen, die Kuschelzeit,
die Spielzeit, die Spaziergänge, dein fröhliches
Gesicht, deine Begrüßungen...
Sogar die Tablettenzeiten, das strenge Timing,
die vielen Arztbesuche und Ausgaben,
das nächtliche Rausmüssen bei Wind und
Wetter, den Mopsglitzer überall...
Was man früher akribisch entfernt hat,
ist jetzt ein Heiligtum und jeder freut sich,
wenn irgendwo mal wieder ein Mopshaar

auftaucht und vermisst dich gleichzeitig noch viel mehr.
Wie hartnäckig diese kleinen Häärchen zum Glück sind!
Aber es wäre ja auch schlimm, wenn wir das Ganze nach 14 intensiven gemeinsamen Jahren einfach abschütteln könnten.
Wie sagte Dr. Benny? Wenn man liebhat, hat man lieb!

Uns wird jetzt so richtig bewusst, was wir alles zusammen erlebt haben.
Du hast Shelly bei ihrem ersten Liebeskummer getröstet und mit ihr für Schule und Ausbildung gelernt.
Du hast den Umzug in ihre erste Wohnung für uns um einiges leichter gemacht,
einfach weil du da warst.
Bei der Pflege und Sterbebegleitung meiner Eltern warst du der beste Helfer und hast uns bei beiden wissen lassen,
dass die Zeit zum Abschied nehmen gekommen war.
Du warst dabei, als wir nach einer gefühlten Ewigkeit „wilder Ehe" so richtig in echt geheiratet haben.
Bei der Auswahl des Standesamtes war unsere erste Frage, ob du mit reindarfst.
So ein wichtiger Schritt wäre ohne dich undenkbar gewesen!
Du hast Darios erste Tritte gespürt und ihn schon im Bauch bewacht.

Du hast ihn mit aus dem Krankenhaus abgeholt und warst natürlich auch bei seiner Taufe dabei.
Du hast seine ersten Schritte beobachtet und er hat gebellt, noch bevor er Mama sagen konnte.
Zum Glück hattest du zumindest etwas Zeit, ihn als Nachfolger einzuarbeiten!
Selbst der kleine Kerl sucht dich nun überall und vermisst dich sehr.

Durch dich haben wir viele besondere Menschen kennengelernt und setzten plötzlich ganz andere Prioritäten.
Man hört oft von Unverständnis im Familien- oder Freundeskreis, weil man wegen eines kranken Hundes halt gebunden ist.
Weil man sich an Futter- und Tablettenzeiten halten muss oder lieber zuhause bleibt,
weil die Fellnase einen Anfall hatte oder kriegen könnte.
Das haben wir so nie erleben müssen.
Sowohl Familie als auch Freunde und Kollegen waren jederzeit verständnisvoll und haben das akzeptiert.
Okay, sie hatten auch keine andere Wahl, aber da kam wirklich nie ein Satz wie:
„Ist doch nur ein Hund!"
Warst du ja auch nicht, du warst ein Familienmitglied mit Special Effects.
Dein Onkel Hoffi musste immer zuerst dich begrüßen und ausgiebig kraulen,
bevor er dann mal uns Hallo sagen konnte.

Bei ihm konntest du stundenlang einfach am Bein sitzen und dich verwöhnen lassen.
Er konnte deine innere Uhr immer nicht fassen und hat sich kaputtgelacht, wenn du pünktlich auf dein Recht gepocht hast.
Leider ging zum Schluss alles so schnell, dass er sich nicht von dir verabschieden konnte. Aber du weißt, dass du auch für ihn Familie warst und auch er seinen kleinen Kumpel sehr vermisst.
Ich hätte gern viele letzte Male bewusster als solche wahrgenommen, aber wahrscheinlich hätte mir jeder einzelne das Herz gebrochen.
Und irgendwann steht man dann vor der schwersten Entscheidung ever.
Wann hört Hoffnung auf und beginnt Qual?
Diese Entscheidung hat uns unsere Tierärztin des Vertrauens zwar prinzipiell abgenommen, aber das letzte Wort liegt natürlich dennoch beim Besitzer.
Wir haben dir immer versprochen, dich niemals leiden zu lassen und dieses Versprechen mussten wir nun einlösen.
Wir waren bei dir, als du schmerzfrei einschlafen durftest.
Als dein Herz aufhörte zu schlagen, brachen unsere in 1000 Teilchen!
Der schlimmste Moment in unserem Leben, aber wir wurden vom gesamten Praxisteam liebevoll und empathisch begleitet.
Dafür sind wir sehr dankbar.
Run wild and free mein Babybär, wir sehen uns wieder!

Nun aber zu Buch 2.
Die Idee bzw. der Wunsch, ein zweites Buch zu
schreiben, spukt schon länger in meinem Kopf
herum.
Wann, wenn nicht jetzt wäre der perfekte
Zeitpunkt?
Der Titel „Timmys Erbe" verrät, worum es geht.
Im ersten Teil werde ich Timmys wunderbares
Mopsleben noch einmal Revue passieren lassen
und ihm damit ein Denkmal setzen.
In Kurzform versteht sich, alles andere würde
den Rahmen sprengen.
Wenn das einer verdient hat, dann mein kleiner
Kampfmops!
Es wird hier anders als im ersten Buch primär
um die Epilepsie und unsere wichtigsten
Erinnerungen gehen.
Timmys lustige Abenteuer findet ihr in unserem
ersten Buch „Ein Mopsleben mit Epilepsie".
Der zweite Teil soll eine Hilfestellung für
betroffene Besitzer im Umgang mit der
Erkrankung sein.
In all den Jahren Epilepsie durfte und musste
ich einiges an Erfahrungen sammeln und
möchte dies als Timmys Erbe weitergeben.
Man fällt in ein tiefes schwarzes Loch nach der
Diagnose, aber kann selbst einiges tun,
um das Ganze erträglicher zu machen.
Und genau dabei möchte ich helfen.
Denn wir als Besitzer sind ein wichtiges
Puzzleteilchen im Epilepsiemanagement,
wenn nicht sogar das Allerwichtigste.

Teil 1 – Unser Mopsleben mit Epilepsie

Timmy wurde am 1. Februar 2011 auf einem
Bauernhof irgendwo auf dem Lande
(so die Info der Vorbesitzer) geboren.
Anfang August 2011 stolperte ich über die
Kleinanzeige einer Familie aus unserer Stadt,
die aus Zeitgründen ein neues Zuhause für
ihren Mops suchte.
Vom Foto schauten mich Augen an,
denen ich sofort verfallen war.
Sie hypnotisierten mich bereits damals und
zwangen mich, zusammen mit meiner Tochter
„nur mal zu gucken".
Nun, nach diesem Gucken saß Herr Mops in
unserem Auto und durfte direkt seine erste
Shoppingtour im Fachhandel erleben.
Zuhause angekommen begrüßte uns mein
(noch ahnungsloser) Mann nicht etwa mit den
Worten „Spinnt ihr?", sondern mit
„Der hat aber ein süßes Kringelschwänzchen!"
Auch ihn hatte es direkt erwischt und so
erschnüffelte Babytimmy zufrieden sein neues
Königreich und zog hochoffiziell in Haus und
sämtliche Herzen ein.
Timmy war ein halbes Jahr alt, sehr gut
erzogen und einfach sofort ein Teil der Familie.
Nach anfänglicher Skepsis waren Oma und Opa
schnell Anführer seiner Fanbase und ruck zuck
saß er mit an ihrem Frühstückstisch.
Sein wichtigster Job war von Anfang an
Bewacher seiner großen Schwester.

Shelly war damals süße 14 und Timmy wich ihr nicht von der Seite und schlief anfangs nur in ihrem Bett.

Später dann, als öfter Freundinnen bei uns übernachteten, wurde ihm das Gekicher zu viel und er zog zu uns.

Timmy nahm beim Umzug aber ihr pinkes und flauschiges Kissen mit, welches noch heute in unserem Wohnzimmer steht.

Dieses Kissen hat er so sehr geliebt und überall mit hingeschleppt, dass es irgendwann nur noch „Timmys Freundin" hieß.

Es gibt unzählige Bilder und Videos mit Freundin und sie ist trotz all der Liebe und sehr vielen Wäschen noch super in Schuss.

Wir wollten sie ihm zuerst mitgeben auf seiner letzten Reise, konnten uns aber nicht von ihr trennen.

Sie ist doch ein Stückchen Timmy und riecht (mit etwas Fantasie) nach ihm!

Timmy entwickelte sich super und war wirklich ein Traumhund.

Er hat nie etwas kaputt gemacht, war einfach nur fröhlich, dankbar und voller Mopsliebe.

So lebten wir glücklich vor uns hin, bis dann der erste Anfall unsere heile Welt auf den Kopf stellte.

Am 24. Juli 2014 war mein Mann allein mit Timmy zuhause und kreidebleich, als unsere Tochter und ich zurückkamen.

Aus dem Nichts war Timmy einfach umgefallen und hat mit Schaum vor dem Maul gekrampft.

Ohne Vorwarnung, einfach so von jetzt auf gleich.
Ich kann mir vorstellen,
wie schrecklich das für meinen Mann war.
Danach stand Timmy auf, als wäre nichts gewesen und wir hatten Panik und dachten „Das war's"!
Beim Arztbesuch fiel dann zum ersten Mal das Wort Epilepsie, damals war es aber nur ein Begriff, der zwar Angst machte,
aber noch nicht real war.
Es wurden erste Untersuchungen gemacht, um mögliche Ursachen für den Anfall zu finden bzw. auszuschließen und wir bekamen ein Notfallmedikament inklusive genauer Anleitung zum Einsatz mit.
Jetzt hieß es abwarten und hoffen,
dass es eine einmalige Sache gewesen war.
In der ersten Zeit wurde Timmy rund um die Uhr mit Argusaugen bewacht, aber zum Glück kam nichts mehr und wir hakten es schon fast als erledigt ab.
Etwa ein halbes Jahr später saßen meine Tochter und ich gemütlich vor dem Fernseher, als Timmy sich plötzlich aus dem Schlaf heraus komisch verbog und anfing zu krampfen.
Für uns beide das erste Mal live,
und obwohl wir im Prinzip wussten, was da passiert, war es einfach furchtbar.
Ich habe irgendwie funktioniert und bei Shelly liefen die Tränen.

Der Anfall war kurz, fühlte sich jedoch endlos an. Danach war Timmy recht schnell wieder fit und wollte raus.

Dass die darauffolgende Nacht für uns Zweibeiner nicht sehr erholsam war, brauche ich wohl nicht erwähnen. Am nächsten Tag dann wieder zum Tierarzt und Herr Mops wurde nochmals gründlich auf den Kopf gestellt.

Wir wurden ausführlich über mögliche weitere Schritte und Behandlungsmöglichkeiten aufgeklärt und verließen mit einem fröhlichen Möpschen und vollen Köpfen die Praxis. Schon zu dem Zeitpunkt empfahl uns unsere Tierärztin, einen Neurologen mit ins Boot zu holen.

Heute weiß ich das noch mehr zu schätzen, denn genau das zeichnet einen guten Tierarzt mit aus.

Natürlich haben Tierärzte in allem ein Grundwissen. Für bestimmte Erkrankungen gibt es aber wie bei uns Menschen auch Fachärzte, die darauf spezialisiert sind und natürlich viel mehr Erfahrungen auf dem jeweiligen Gebiet haben.

Das behielten wir erst einmal im Hinterkopf und wollten abwarten, wie sich alles entwickeln würde.

Die Untersuchungsergebnisse waren alle ohne Befund, es lag also keine erkennbare Ursache für die Krampfanfälle vor.

Auf ein MRT wollten wir verzichten und erst
einmal schauen, wie es weiterging.
Mops und Narkose ist ja auch noch mal so eine
Sache.
Ich brauche wohl keinem betroffenen Besitzer
erzählen, dass Timmy von nun an unter
Dauerbeobachtung stand und jede Bewegung
mit Herzrasen verfolgt wurde.
Hat er nicht gerade gezuckt?
Träumt er oder krampft er?
Atmet er nicht komisch?
Verdreht er die Augen?
Habe ich Kratzen auf dem Laminat gehört?
Die Augen sehen komisch aus, oder?
Schlimm, ganz schlimm, ihr Epifellbesitzer
wisst das!
Man macht sich verrückt, schläft nicht,
hat immer die Hand am Lichtschalter und ist
auf dem Sprung.
24 Stunden Betreuung oder besser Bewachung,
Leben komplett auf links gedreht.
Keine Ahnung, wie das weitergehen soll.
Hilflos, machtlos, hoffnungslos!
Der nächste Anfall kam dann recht schnell und
wir entschieden, mit dem ersten
Antiepileptikum zu starten.
Unsere Tierärztin klärte uns auf,
welche Möglichkeiten es gibt, was zu beachten
ist und welche Nebenwirkungen auftreten
können.
Wir entschieden uns dann zusammen für das
„kleinste Übel" mit den wenigsten bekannten

Nebenwirkungen und ohne regelmäßige
Spiegelmessungen.
Natürlich mit ordentlich Respekt vor diesem
Schritt, aber wir wollten ja diese Anfälle
möglichst im Zaum halten.
Wichtiger Punkt: Das im Zaum halten!
Bei der Therapie ist das primäre Ziel nicht die
komplette Anfallsfreiheit,
obwohl wir das alle am liebsten möchten,
sondern tatsächlich erst einmal die bessere
Anfallskontrolle, sprich die Verlängerung der
Abstände, Verkürzung der Anfälle und
Abmilderung der Intensität.
Anfallsfreiheit wünschen wir uns zwar alle,
aber wir sollten die Erwartungen nicht zu hoch
ansetzen, um nicht enttäuscht zu werden.
Ich habe die Tabletten immer als Türsteher
gesehen.
Stellt euch Türsteher vor einem Club vor.
Sie sind da, um unerwünschte Gäste
fernzuhalten und bekommen das grundsätzlich
gut hin.
Hin und wieder schummelt sich aber ein
Krawallmacher durch und sorgt für Ärger.
Im Prinzip ist es genau so!
Die Nebenwirkungen in der Anfangszeit waren
krass.
Timmy war unruhig und wanderte wie unter
Zwang Tag und Nacht umher.
Nichts konnte ihn stoppen, das war eine sehr
anstrengende Zeit für alle.
Wir hätten ihm gerne geholfen, waren aber
machtlos.

Man nennt das auch „Das Tal der Tränen" –
absolut zurecht!
So landete ich heulend und hoffnungslos bei
unserer Tierärztin, die mich wieder aufbaute
und mir Mut zusprach.
Und tatsächlich war Timmy kurze Zeit später
wieder ganz der Alte und der Spuk hatte ein
Ende.
Die Therapie schlug recht gut an, bis sie
irgendwann nicht mehr ausreichte und wieder
vermehrt Anfälle auftraten.
Also kam das zweite Medikament ins Spiel
und das erste sollte langsam ausgeschlichen
werden.
Es lief sehr gut und ohne gravierende
Nebenwirkungen.
Nach 3 Wochen wurde der Wirkstoffspiegel zum
ersten Mal gemessen und war bereits im
Referenzbereich.
Unser erstes Medikament wurde nun Stück für
Stück reduziert, bis es ganz raus war.
So weit so gut, doch nach einiger Zeit kam es
wieder zu Anfällen. Wir beschlossen,
wieder eine kleine Dosis vom ersten
Medikament dazu zu kombinieren.
Das schien die perfekte Lösung zu sein,
aber immer, wenn man das denkt,
lacht sich die Epihexe ins Fäustchen und
beweist uns das Gegenteil.
Ist tatsächlich ganz oft so.
Sowohl persönlich als auch durch viele Beiträge
in unserer Gruppe fällt immer wieder auf,
dass man sich niemals zu laut freuen darf!

Kaum erzählt oder schreibt man von einer längeren anfallsfreien Zeit, rappelt es.
Ohne Witz, passiert immer wieder.
Keine Ahnung warum, aber irgendwann freut man sich dann nur noch leise.
Deshalb liest man auch kaum positives in solchen Gruppen, weil fast alle dieses Phänomen schon erlebt haben und lieber den Mund halten.
Bei uns wurden anfallsfreie Zeiten zwar genau dokumentiert, aber nie konkret genannt.
Selbst beim Tierarzt nur verschlüsselt und durch die Blume.
Ja, wir Epifellbesitzer haben da so unsere Tricks und können das super umschreiben.
Zurück zu Timmy.
Wir hatten einige sehr gute Monate und die Epilepsie rückte langsam wieder eine Ebene tiefer.
Natürlich blieb ein flaues Gefühl im Magen und die Angst vor weiteren Anfällen war immer präsent, sie bestimmte aber nicht mehr unser komplettes Leben.
Außer zu den Pillenzeiten gab es keine Einschränkungen und wir lebten fröhlich und zufrieden vor uns hin.
Bis zum Tag X, dem Horrortag in unserer Epikarriere!
Ein Anfall jagte den nächsten und unsere Tierärztin schickte uns sicherheitshalber in die Klinik zur Überwachung.
Solch eine Serie muss dringend gestoppt werden, sonst besteht Lebensgefahr.

Wir haben uns also als Notfall angekündigt in der nächstgelegenen Klinik, die damals zum Glück nur 10 Minuten entfernt war.
Heute sieht das leider anders aus, kein Klinikstatus mehr und wir hätten inzwischen im Ernstfall um die 100 km zu fahren gehabt.
Keine schöne Vorstellung, die uns immer Angst gemacht hat.
Glücklicherweise blieb uns wenigstens das erspart.
Timmy wurde in der Klinik bereits erwartet und wir durften außerhalb des vollen Wartezimmers auf einen freien Arzt warten.
Er wurde gründlich untersucht und sollte zur Sicherheit über Nacht dortbleiben, damit man bei weiteren Anfällen direkt reagieren konnte.
Trotz meiner Sorge hatte ich glücklicherweise seine Tablettenbox eingepackt, denn eine Sorte war dann auch tatsächlich in der Klinik nicht vorrätig und so konnte er pünktlich seine gewohnten Medikamente bekommen.
Es war so unfassbar schwer, ihn einfach allein dort zu lassen, aber das einzig Vernünftige.
Man sitzt dann zuhause und starrt das Telefon an, hofft auf gute und befürchtet schlechte Nachrichten. Krass!
Minuten werden zu Stunden, obwohl man ja weiß, dass keine Nachrichten in dem Fall gute Nachrichten sind und einfach niemand Zeit hat, zwischendurch zu berichten.

Am nächsten Mittag kam der lang ersehnte Anruf.
Timmy hat in der Klinik noch einmal gekrampft und ab sofort war ein weiteres Medikament nötig.
Er sollte noch ein paar Stunden zur Beobachtung dortbleiben und wenn bis dahin nichts passiert war, könnten wir ihn abends abholen.
Das konnten wir dann tatsächlich und waren endlich wieder zusammen.
(Die ganze Story aus Timmysicht findet ihr übrigens in Buch 1).
Obwohl, so richtig Timmy war das nicht.
Er war mega unruhig und heulte wie ein Wolf.
Stundenlang. Tag und Nacht.
Da kam alles zusammen, die vielen Anfälle, der Klinikaufenthalt, Notfallmedikamente und das neu eingesetzte Dauermedikament.
Klar, dass er durch den Wind war!
Auch das haben wir überstanden und toppten unseren bisherigen „Anfallsfrei-Rekord".
Wir mussten jetzt extrem auf die Ernährung achten und durften wegen des neuen Medikaments möglichst nichts mehr umstellen.
Kleine Bissen vom Tisch waren ab sofort tabu, stattdessen gab es dann zwischendurch halt ein Stückchen Gurke oder eine Möhre.
Alles machbar, auch wenn es erst einmal unmöglich erscheint.
Man fragt sich immer, wie solch eine Veränderung funktionieren kann,
bekommt es aber locker hin, weil man es muss!

Wir erreichen zahlreiche Ziele, die wir uns
niemals zugetraut hätten, und entwickeln uns
weiter durch die Herausforderungen.

Trotzdem gab es in unregelmäßigen Abständen
weiterhin Anfälle, meist 2-3 im Abstand von
mehreren Stunden.
2016 trat dann Dr. Benny in unser Leben,
drehte nach und nach einige Schrauben und
bewirkte erst einmal in MEINEM Kopf so
einiges.
Ich lernte, mit der Krankheit umzugehen,
sie zu akzeptieren und MIT ihr zu leben.
Es gab einige Spielregeln, an die wir alle uns
halten mussten.
Aber zum ersten Mal konnte ich „weiterspielen"
ohne Angst, alles zu verlieren.
Ich fühlte mich sicher im Team
„Wir-Tierarzt vor Ort-Spezialist in der Ferne".

Als erstes wurden die Medikamente feinjustiert,
danach wurde beim Haustierarzt noch einmal
ein Komplettcheck gemacht und dann kam
unser i-Tüpfelchen, das MCT Öl ins Spiel.
Heute findet man viel darüber im Internet,
damals war es in der Tiermedizin noch neu.
Nachdem aus medizinischer Sicht nichts
dagegensprach und die Dosis genau berechnet
wurde, schlugen wir unseren neuen Weg ein.

Timmys Facebookseite wurde geboren und mit
Erfahrungsberichten und Geschichten rund um
unser Mopsleben mit Epilepsie gefüllt.

Ich bin immer noch begeistert über die Resonanz, den Zuspruch, die vielen Nachrichten und das allgemeine Interesse.
Das Schreiben dort war für mich ein Stückchen Therapie und ich empfahl einigen Betroffenen, das auch einmal zu probieren.
So wuchs die Anzahl der Seiten von und für Epifellchen.
Der Austausch tut allen gut und gleichzeitig sorgt man für ein wenig mehr Sichtbarkeit in der Öffentlichkeit.
Aufklärung und offener Umgang mit der Erkrankung ist so wichtig,
viele haben noch nie von Epilepsie bei Tieren gehört, dabei kann jede Rasse betroffen sein.
Bei uns ging es steil bergauf.
Timmy fühlte sich rundum wohl,
blühte auf und feierte sein Leben.
Natürlich kam immer mal ein Anfall,
aber überschaubar, nur noch sehr selten in Serie und für uns alle gut zu verkraften.
Wir wurden ruhiger, legten die absoluten Kontrolletis in uns auf Eis und akzeptierten die Epilepsie als Teil von Timmy.
Wohlgemerkt als Teil!
Timmy war so viel mehr als Anfälle und Krankheit.
Lebenslust pur, voller Liebe und Dankbarkeit und einfach das Beste, was uns passieren konnte.
Epilepsie hin oder her, auch wenn jeder Anfall uns einiges abverlangt hat,
würden wir jetzt gerne die Zeit zurückdrehen!

Wir hatten anfangs viele Anfälle, aber es gab viel mehr gute als schlechte Tage!
Zur Veranschaulichung folgt hier unser Anfallstagebuch in Kurzform.

Anfallstagebuch
2014
Erster Anfall am 24.7.14 - 13 Uhr
Riesenschock und die große Hoffnung, dass das nur ein Ausrutscher war und es einen logischen Grund dafür gibt.
Alle Untersuchungen ohne Befund.
18.12.14 - 21.30 Uhr
19.12.14 - 15.00 Uhr
21.12.14 - 9.15 Uhr
Nach Untersuchungen Beginn mit Medi 1
22.12.14 - 8.15 Uhr
30.12.14 - 8.30 Uhr
2015
05.01.15 - 9 Uhr
02.02.15 - 7 Uhr
10.02.15 - 8 Uhr
16.02.15 - 7.30 Uhr
23.02.15 - 6 Uhr
Danach wurde es zum ersten Mal etwas ruhiger und wir hofften, dass das Medikament nun anschlägt. Falsch gehofft...
Nach sagenhaften 6 tollen Wochen ging es dann weiter.
11.04.15 - 18 Uhr
12.04.15 - 3 Uhr und 8.30 Uhr
17.04.15 - 4.30 Uhr

21.04.15 - 20 Uhr
25.04.15 - 17 Uhr
Erhöhung Medi 1
30.04.15 - 18.30 Uhr
02.05.15 - 19.30 Uhr
06.05.15 - 4.30 + 5.30 + 11 Uhr
Erhöhung Medi 1
07.05.15 - 15 Uhr
08.05.15 - 6 Uhr
Danach wurde es Dank der Erhöhung wieder
kurzzeitig ruhig in Timmys Kopf.
Nach 8 Wochen ging es weiter mit den Anfällen.
28.6.15 - 4 Uhr
20.7.15 - 7.30 Uhr
16.8.15 - 6.30 Uhr
17.8.15 - 0.30 + 7.00 Uhr
13.10.15 - 3 Uhr
14.10.15 - 3 Uhr
20.11.15 - 7 Uhr
25.11.15 - 17.30 Uhr
22.12.15 - 4.00 + 15 + 16.30 Uhr
In der Summe waren wir also bei über 30
Anfällen bisher, dazwischen war Timmy aber
absolut fröhlich und lebensfroh.
2016
13.1.16 - 14.30 Uhr
21.1.16 - 9 Uhr
31.1.16 - 9 Uhr
8.2.16 - 7 Uhr
21.2.16 - 16 Uhr
22.2.16 -0.30 + 8.30 Uhr
7.3.16 - Uhr
14.3.16 - 15.45 Uhr

15.3.16 - 5.30 Uhr
27.3.16 - 9.00 Uhr
10.4.16 - 2.00 + 6.00 Uhr
27.5.16 - 14.00 + 22.00 Uhr
28.5.16 - 5.30 + 9.30 Uhr -
Plan: langsame Umstellung auf Medi 2
und Beginn, Medi 1 langsam und Stück für
Stück über mehrere Wochen durch Medi 2
zu ersetzen.
Es wurde mal wieder kurzzeitig etwas
überschaubarer, zumindest während der
Umstellungszeit auf Medi 2, als er beide
Medikamente noch gleichzeitig genommen hat.
Als wir endlich an dem Punkt waren, das erste
Medikament komplett wegzulassen,
kam die Hexe zurück und die Türsteher
brauchten wieder Verstärkung in Form von
Medi 1.
Wie ihr seht, ist es nicht Tablette rein und gut.
Es braucht Geduld und Durchhaltevermögen,
bis die passende Therapie gefunden ist.
17.6.16 - 7 Uhr
30.6.16 - 6.30 Uhr
1.7.16 - 20.30 Uhr
2.7.16 - 2.30 + 9.45 Uhr
27.7.16 - 11.30 + 19.30 Uhr
28.7.16 - 0.30 +4.30 + 9.00 Uhr
27.8.16 -23.30 Uhr
28.8.16 - 4.30 + 19.30 + 23.00 Uhr
29.8.16 - 2.00 + 5.00 + 8.00 + 12.00 Uhr
3.10.16 - 8.00 + 13.00 + 18.00 + 19.00 + 23.30
4.10.16 - 4.30 + 7.00 + 10.00 + 12.30 + 15.30 +
22 Uhr

Klinikaufenthalt mit Einstellung auf Medi 3.
2017 sah die Welt schon viel besser aus.
8.4.17 -21.30 Uhr
9.4.17 - 15.00 + 20.30 Uhr
25.4.17 - 23.30 Uhr
26.4.17 - 20.30 Uhr
27.4.17 - 8.30 Uhr
Da holten wir dann Dr. Benny in unser Boot
und fingen an, an den Medikamenten zu
schrauben und hier und da kleine Details zu
verändern. Wir hatten vorher schon eine ganze
Weile Kontakt zu ihm und jetzt war der richtige
Zeitpunkt, den Türstehern unser As im Ärmel
zu präsentieren.
18.6.17 - 0.30 Uhr
Anfang Juli 2017 Beginn MCT Öl.
11.8.17 - 17.30 Uhr
25.9.17 - 20 Uhr
2018
27.6.18 - 7 Uhr
2019
19.1.19
2.5.19 (neue salzhaltige Leckerli, keine gute
Idee!)
29.9.19 8 Uhr
2020
6.1.20 5 Uhr
10.3.20 2 kurze Anfälle innerhalb von
12 Stunden
30.4.20 kurzer Anfall - danach Erhöhung MCT
Öl und Kaliumbromid.
Fällt euch was auf?! Ganz schön wenig, oder?
Und was sagt euch das?

Niemals aufgeben! Zwischendurch mal kurz verzweifeln ist ok, aber danach Ärmel hochkrempeln und weiter machen.

2021 komplett anfallsfrei!

2022

24.1.22 7 Uhr

6.9.22 7 Uhr

2023

15.9.23 10 Uhr und 15 Uhr

2024

17.1.24 7 Uhr

29.3.24 7.30 Uhr

2025

8.1.25 4.30 letzter Anfall

Das sieht erst einmal viel aus, aber überlegt mal, wie viele Tage wir ohne Anfälle hatten! Das ist es, was zählt!

Unsere Hunde denken nicht ständig an ihre Epilepsie und daran, dass sie krank sind, sondern leben ihr Hundeleben einfach weiter. Davon können wir Halter uns eine Scheibe abschneiden, uns an den schönen Momenten erfreuen und das Beste daraus machen.

Timmys Fröhlichkeit und Lebenslust ließ auch uns immer wieder schnell auf normal umschalten.

Seine berühmten Mopsrollen sind legendär, absolutes Glück machte sich bei Timmy durch Herumrollen bemerkbar.

So wurde er liebevoll auch unser Rollmops genannt.

Er kullerte durch den Garten oder kleine Abhänge herunter,
einer seiner Lieblingsplätze wird für immer „Rollmopshügel" heißen.
Er hatte so viel Spaß dabei und uns ging immer das Herz auf.
Dazu findet ihr viele Videos und Fotos auf Timmys Facebook- und Instagram Accounts.
Aktuell bricht es bei dem Gedanken daran das Herz und der Rollmopshügel ist erst einmal tabu.
Timmy liebte die Sonne, die ersten warmen Sonnenstrahlen im Frühling wurden inhaliert und jede Sekunde genossen.
An seinem letzten Tag hat es das Wetter gut gemeint und er konnte den Nachmittag im Wintergarten mit Sonne im Gesicht genießen.
Wir haben Fotos gemacht, die ich mir aber noch nicht anschauen kann.
Frühling und Sommer waren seine liebsten Jahreszeiten.
Obwohl gerade Möpse oftmals leider Probleme mit Hitze haben, hat er das jedes Jahr gefeiert.
Er hatte ausreichend schattige Plätzchen im Garten, seinen eigenen Pool und später sogar einen Zweitpool im vorderen Bereich in Form eines kleinen Böötchens.
Von Anfang an, jedes Jahr, hatte er riesige Freude daran und raste mit Arschbombe ins Wasser.
Nach Gurken oder Steinen tauchen oder einfach nur rumstehen zum Abkühlen.

Das war sein Element, danach hat er sich dann in der Sonne trocken gerollt.
Gerade abends kurz vor dem Schlafengehen ist er gerne noch einmal ins Wasser gehüpft und konnte dann erfrischt einschlafen.
Das werden wir in diesem Sommer so sehr vermissen!
Aber ich wette, er hat da oben einen Luxuspool mit Badeinsel und lässt sich Cocktails und Eis servieren. Seht ihr das auch gerade richtig vor euch?
Es gibt bestimmt mindestens Leberwursteis, denn hier war nur welches mit Obst oder Gemüse erlaubt wegen seiner Medikamente.
Das war aber trotzdem immer willkommen und er hat es genüsslich weggeschlabbert.
Auch Melone war genau sein Ding und eine willkommene Abkühlung von innen an heißen Tagen.
Im Haus verteilt hatte er einige Kühlmatten, die er gerne zum Schlafen genutzt hat.
Wenn es dennoch zu heiß war und er nicht zur Ruhe kam, hatten wir Ventilatoren im Einsatz, um es Herrn Mops erträglich zu machen.
Ausflüge zur nahgelegenen Strandbar liebte er.
Erst ein wenig abkühlen in der Weser, im Sand rollen und dann wie ein paniertes Schnitzel in der Bar sitzen mit einem kühlen Getränk und ein paar Snacks.
Snacks bedeutete in unserem Fall ein paar Trockenfutterbrocken oder Gurkenstückchen, das musste immer dabei sein!

Timmy war gerne unterwegs, noch glücklicher
war er aber, wenn er wieder zuhause war.
Es ging jedes Mal im Mopsgalopp in den
Garten, einmal rollen und ab in den Pool.
Diese Bilder und dieses pure Glück werde ich
nie vergessen!
Auch Urlaube mit Timmy waren etwas ganz
Besonderes. Uns zog es an die Nordsee,
weil die Fahrt nicht ewig lang war und wir uns
dort alle gut erholen konnten.
Als bei uns Kaliumbromid ins Spiel kam,
hatten wir ein wenig Angst, weil die Salzzufuhr
aufgrund dieser Tabletten immer konstant sein
sollte.
Aber Timmy fühlte sich dort so wohl und hatte
so viel Spaß, dass wir das Risiko in Kauf
nahmen.
Er liebte es, im Watt zu flitzen und die endlose
Weite zu genießen.
Wenn das Wasser dann mal da war,
durfte er mit den Pfoten hinein, aber halt nichts
trinken.
Aber auch wenn wir schwimmen wollten,
war Timmy mit am Start.
Er hatte ein kleines Schlauchboot und ließ sich
gemütlich hinterherziehen.
Ihr könnt euch sicher vorstellen, dass wir den
ein oder anderen verwirrten Blick ernteten
und einige Fragen beantworten mussten!
Das war uns egal, Not macht erfinderisch.
Da steht man als Epifellbesitzer ganz klar
drüber. Wir dürfen das!

Nach Watt oder Wasser wurde Herr Mops jedes
Mal gründlich abgeduscht,
um die Salzaufnahme zu minimieren.
Unternehmungen waren kein Problem,
wenn dazwischen ausreichend Ruhezeiten
eingebaut wurden.
Für längere Spaziergänge hatten wir uns extra
einen faltbaren Bollerwagen angeschafft,
der aber meist leer hinterher gezogen wurde,
weil Timmy viel lieber laufen wollte.
Der Wagen ist jetzt neuwertig in Darios Besitz
übergegangen.
Wir hatten immer Glück und Timmy hatte
niemals einen Anfall im oder nach dem Urlaub.
Sicherheitshalber hatten wir aber die Adressen
und Telefonnummern von Tierärzten in der
Umgebung gespeichert für den Fall der Fälle.
Das gibt ein Stückchen Sicherheit und es geht
im Notfall keine wertvolle Zeit mit der Suche
verloren.
Wir wären gern noch einmal mit Timmy an die
See gefahren, aber längere Autofahrten waren
leider nicht mehr so sein Ding.
Also haben wir darauf verzichtet und Urlaub
zuhause gemacht. Hauptsache zusammen!
Zum Thema Nordsee fällt mir noch Timmys
bester und einziger richtiger Hundefreund ein.
Chicco wohnte hier in der Nachbarschaft
und war ein richtiges Schlitzohr.
Er stand oft einfach allein bei uns vor der Tür
nach dem Motto „Kann ich mit Timmy
spielen?".

Vor Chicco war nichts sicher, er fand immer
eine Möglichkeit zu entwischen und erkundete
dann allein sein Revier.
Die beiden waren Best Buddies und Partners in
Crime.
Wenn wir uns trafen, wurde sich richtig
umarmt und sie hatten viel Spaß miteinander.
Damals brachten sein Frauchen und ich unsere
Kinder morgens zum Bus (so lange ist das her!),
wir trafen uns also regelmäßig.
Die Freude war immer riesig!
Es gab gemeinsame Spielstunden in unserem
oder ihrem Garten,
gut abgesichert und unter Beobachtung wegen
des Ausbrecherkönigs Chicco.
Eines Tages entlief Chicco während eines
Urlaubs an der See und tauchte nie wieder auf.
Timmy erinnerte sich noch Jahre später,
wo sein Freund gewohnt hatte und zog
grundsätzlich in diese Richtung, wenn wir in
der Nähe waren.
Wir hatten immer auf ein Wiedersehen gehofft,
jetzt ist es wohl soweit und die 2 können wieder
miteinander spielen!
Andere Hunde waren Timmy meistens komplett
egal.
Kurz begrüßen und dann arrogant abwenden,
das trifft es am besten.
Er hat niemals gebellt oder gar geknurrt
Artgenossen gegenüber, fand sie aber nicht
sonderlich spannend.
Da gab es eine einzige Ausnahme.

2 Hunde aus der Nachbarschaft konnte Timmy absolut nicht leiden und machte jedes Mal einen riesigen Aufstand, wenn diese sein Haus und Grundstück passierten.
Er wurde zur Furie und klang richtig aggressiv!
Selbst wenn wir im Haus waren, witterte er die Beiden und verbellte sie mit großem Getöse.
Keine Ahnung warum, sie hatten ihm nie etwas getan, sondern liefen einfach nur vorbei.
Sie zogen irgendwann weg (nicht wegen Timmy hoffe ich!) und Herr Mops brauchte sich nicht mehr ärgern.
Ich kann hier nicht jedes Detail aus Timmys Leben schildern, versuche aber,
die wichtigsten Momente festzuhalten.
Traurige und wunderschöne Momente und Erinnerungen, die mit ihm und durch ihn ganz besonders emotional waren.
Timmy hatte einen so starken Charakter und jede Menge Eigenheiten.
Man merkte ihm immer an, wie er gerade drauf war und wir konnten in ihm lesen, wie in einem Buch.
Der fröhliche Timmy hatte leuchtende Augen und ein breites Lächeln im Gesicht.
Er tanzte vor Freude, wenn wir nach Hause kamen oder ihn fragten, ob er spazieren gehen möchte.
Wenn er keine Lust hatte, ernteten wir nur einen gelangweilten Blick.
Dann brauchten wir gar nicht losgehen, weil der sture Esel dann einfach keinen Schritt mitging.

Der glückliche Timmy rollte, egal wo.
Auf der Wiese, auf dem Teppich, im Sand...
Wenn dann noch wohlige Geräusche
dazukamen, war sein Glück auf höchstem
Level.
Der schlecht gelaunte Timmy saß einfach nur
herum, zog ein entsprechendes Gesicht und
motzte vor sich hin.
Er ließ sich durch nichts motivieren und hatte
auf nichts Bock.
Das kam zum Glück nur selten vor, aber jeder
hat halt mal einen schlechten Tag.
Der wütende Timmy wurde zur nervigen Furie.
Wenn etwas nicht nach seinem Kopf ging oder
wir mal 2 Sekunden zu spät dran waren mit
Futter oder Tabletten, rastete er komplett aus.
Erst leise motzen, dann wurden Lautstärke und
Tonfall je nach Wutgrad gesteigert.
Zur Not bekamen wir auch mal eins mit der
Pfote verpasst, so als Anstupser für „jetzt aber".
Der kranke Timmy saß grundsätzlich auf dem
glatten Laminat und rutschte dabei mit den
Pfoten weg. Keine Chance, ihn auf einem
Teppich zu platzieren, es musste der glatte
Boden sein.
Dabei brummte er und legte sich nur kurz
einmal zwischendurch hin.
Der kranke Timmy rührte nichts zu fressen an
und verweigerte seine Tabletten.
Dann wurde es Zeit für einen Besuch beim
Tierarzt, denn dieses Verhalten zeigte er nur,
wenn es ihm wirklich richtig mies ging.
Er war Meister in „mir geht es gut"

und zeigte wirklich erst immer, wenn gar nichts mehr ging, dass da etwas nicht stimmte. Oder es verrieten ihn andere Dinge wie Durchfall, Erbrechen, Humpeln oder ein starker Geruch aus dem Mäulchen.
Letzterer sorgte 2020 dafür, dass Timmy fast zahnlos wurde.
Bei einer Zahnsanierung mussten ihm fast alle Zähne gezogen werden, sogar sein Epihexenvertreibungszahn.
Der hieß so, weil er wie bei einem Vampir immer seitlich herausblitzte und sehr gefährlich aussah.
Also wurde er unser Symbol für die Epihexenabwehr.
Dieser Zahn musste selbstverständlich nach der OP mit nach Hause, wurde gerahmt und hat auch außerhalb des Mopsmäulchens noch gute Dienste geleistet.
Ich hatte Angst, dass Timmy ohne Zähne Probleme beim Fressen hätte, aber das funktionierte von Anfang an wunderbar.
Seine geliebten Möhrchen gab es danach nicht mehr roh, sondern im Stück kurz gekocht zum Knabbern.
Ich weiß nicht, wie viel Kilo Möhren ich im Laufe der letzten Jahre gekauft und gekocht habe. Sie waren auch Bestandteil seines täglichen Ernährungsplans und da kam ganz schön was zusammen.
Heute werde ich immer wehmütig, wenn es bei uns Möhren gibt und sie schmecken längst nicht so gut wie früher.

Eins noch zum Thema Möhren. Bei uns waren immer einige Portionen Morosche Karottensuppe in der Truhe. Wenn Timmy Durchfall hatte, war das unser Erste Hilfe Mittel der Wahl. Ich habe direkt immer eine große Portion gekocht und dann portionsweise eingefroren. So hatte man immer etwas parat und musste die Suppe nicht erst frisch kochen.

Rezept:
Karotten schälen und klein schneiden, in einen Topf mit ausreichend Wasser geben und für mindestens 1,5 Stunden köcheln lassen.
Die lange Kochzeit ist entscheidend, damit die Zuckermoleküle freigesetzt werden.
Danach die Karotten mit dem Kochwasser pürieren.
Im Normalfall kommt dann etwas Salz dazu, bei uns war das aufgrund der Medikamente allerdings tabu (Kaliumbromid).
Der Hund kann über den Tag verteilt kleine Portionen davon bekommen,
bis die Verdauung sich wieder normalisiert hat.
Timmy hat das oft sofort geholfen,
im Zweifelsfall oder wenn der Durchfall zu lange andauert, sollte man natürlich den Tierarzt aufsuchen.
Unter Umständen kann durch Durchfall auch die Wirksamkeit der Medikamente beeinflusst werden und das braucht keiner.
Das ist bei Epifellchen halt leider doppelt tricky, man muss immer Nutzen/Risiko abwägen,

egal ob simple Hausmittelchen oder andere Medikamente.

Unsere Tierärztin war da immer eine große Hilfe und hat sich bei allem, was zur Debatte stand, schlau gemacht.

So wählten wir grundsätzlich den möglichst ungefährlichsten Weg.

Es gab hier und da Situationen, in denen man in den sauren Apfel beißen und es einfach darauf ankommen lassen musste.

Ich wurde aber immer genauestens aufgeklärt und in die Entscheidung miteinbezogen.

Wir hatten immer Glück und es wurden durch zusätzlich benötigte Medikamente keine Anfälle getriggert.

Aber selbst wenn, wir setzten andere Medikamente wie Schmerzmittel oder Antibiotika ja nicht zum Spaß ein,

sondern wenn es wirklich nicht anders ging.

In unserer Gruppe wird oft nach unbedenklichen Wirkstoffen gefragt.

Verständlich, weil man immer Angst hat, etwas falsch zu machen.

Und dennoch können wir solche Fragen nur damit beantworten, das Ganze mit dem Tierarzt des Vertrauens anzugehen.

Was bei meinem Hund super funktioniert, kann bei deinem komplett schief gehen.

Das ist so unterschiedlich und leider nützen da Erfahrungsberichte oder womöglich sogar Empfehlungen von anderen Besitzern gar nichts oder sind sogar gefährlich.

Eine Facebookgruppe ersetzt keinen Arzt!

Für viele Hunde (und Besitzer) ist ein Tierarztbesuch purer Stress.
Sie haben Angst und/oder weigern sich, die Praxis zu betreten und auch den Besitzern steht oft der Angstschweiß auf der Stirn.
Aber was sein muss, muss sein, damit gezielt und schnell geholfen werden kann.
Timmybär ist immer mutig und brav in die Praxis marschiert und hat geduldig im Wartezimmer gesessen, bis er aufgerufen wurde.
In der Coronazeit war das etwas anders, weil ich draußen warten musste.
Während dieser Zeit wurden die Patienten draußen abgeholt und die Besitzer mussten vor der Praxis oder im Auto warten und wurden von den Ärztinnen angerufen, um alles zu schildern und zu besprechen.
Das fand Timmy schon etwas komisch und musste ins Behandlungszimmer getragen werden.
Dann hat er aber alles brav über sich ergehen lassen und war happy, als er wieder zu mir durfte.
Oh ja Corona, war das nicht alles verrückt und inzwischen irgendwie unwirklich?
Ich war die meiste Zeit im Homeoffice und hatte entsprechend viel mehr Zeit für und mit Timmy als gewohnt.
Wir hatten eine sehr intensive Zeit miteinander und wuchsen noch mehr zusammen, falls das überhaupt möglich war.

Da man nicht groß etwas anderes machen konnte, nutzte ich die geschenkte Zeit und schrieb währenddessen mein erstes Timmybuch, welches im Januar 2021 veröffentlicht wurde.
Mein Co-Autor lag mir dabei oft schnarchend zu Füßen. Ich wünschte, das würde er jetzt gerade auch tun...
Aber er guckt garantiert zu und feuert mich an!

Als das Leben dann langsam wieder normal weiterging, war das für uns beide eine ganz schöne Umstellung.
Obwohl Timmy sowieso nie allein war, war ich plötzlich wieder täglich einige Stunden weg. Das soll einer verstehen...
Allein lassen, auch ein wichtiges Thema.
Wir hatten das große Glück, eine Rundumbetreuung gewährleisten zu können.
Mein Mann arbeitete im Schichtdienst und ich konnte meine Arbeitszeiten entsprechend anpassen.
Bei Engpässen sprangen meine Eltern oder unsere Tochter zeitweise ein, das funktionierte wunderbar.
Wenn es mal gar nicht anders ging, durfte ich Timmy mit zur Arbeit bringen.
So brauchte ich mir nie Gedanken über Anfälle während des Alleinseins zu machen.
Dieses Privileg haben natürlich die Wenigsten und ich kann deren Sorge sehr gut verstehen.
Was passiert, wenn Hund krampft und allein zuhause ist?

Was ist, wenn er nicht allein aus dem Anfall kommt oder sich verletzt?
Viele schaffen sich Kameras zur Überwachung an, damit im Ernstfall jemand zu Hilfe eilen kann.
Das ist eine gute Möglichkeit, sofern dann auch tatsächlich jemand schnell vor Ort sein könnte.
Das Leben muss weitergehen und nicht zuletzt auch finanziert werden, ein Hund mit Epilepsie geht ganz schön ins Geld.
Wir haben Timmy immer unseren haarigen Porsche genannt.
Er war uns jeden Cent wert und wir hätten zur Not selbst auf alles verzichtet, um ihm zu helfen.
Die Tabletten, Notfallmedikamente, spezielles Futter und Zusätze, regelmäßige Untersuchungen und außerplanmäßige andere Baustellen, das summiert sich ganz schön im Laufe der Jahre.
Es gibt so einige Besitzer, denen irgendwann die Mittel ausgehen und die nicht mehr wissen, wie sie die nächste Packung Tabletten und den nächsten Tierarztbesuch finanzieren sollen.
Die sich verschulden, um ihrem Tier weiterhin helfen zu können, die mehr als ihr letztes Hemd dafür geben. Das sind keine Einzelfälle!
Einigen davon konnten wir als Gruppe ein wenig unter die Arme greifen,
der Zusammenhalt ist wahnsinnig schön.
Besonders berührt haben mich bei solchen Hilfsaktionen immer die Menschen,

die selbst nicht viel hatten und dennoch unbedingt mit einem kleinen Betrag dabei sein wollten.
Mehr Herz geht nicht!
Hut ab an alle, die das tapfer durchziehen und aktiv nach Lösungen und Hilfe suchen!

Es ist schon eine Hausnummer, wenn zur allgemeinen Sorge noch finanzielle Probleme kommen.

Wenn im schlimmsten Fall noch ein Klinikaufenthalt erforderlich wird, ist es heutzutage kaum noch stemmbar.
Ohne Versicherung ist man schnell ein paar Tausender los.
Statt tröstender Worte müssen sich einige Betroffene dann leider von außen noch Dinge wie „Das hättest du dir vorher überlegen sollen" anhören, da kann ich nur mit dem Kopf schütteln.
Klar sollte man regelmäßige Einnahmen und ein finanzielles Polster haben, aber bei einer chronischen Erkrankung wie der Epilepsie ist das leider nur allzu schnell verbraucht und wohl niemand rechnet mit solchen dauerhaften finanziellen Belastungen bei der Anschaffung eines Hundes.
Also besser mal den Mund halten, wenn man nichts Nettes zu sagen hat.
Ich bewundere alle, die nicht den Kopf in den Sand stecken, sondern aktiv nach Lösungen suchen, die allen gerecht werden.

Das aber nur am Rande. Zurück zu uns.
Einmal im Jahr bekamen wir Besuch von
meiner Schwiegermutter aus England.
Das war immer etwas ganz Besonderes und alle
waren aufgeregt und freuten sich darauf.
Timmybär genoss die Zeit und die zusätzlichen
Schmuseeinheiten, er war ihr „Good Boy" und
verhielt sich auch so.
Ein guter Gastgeber durch und durch,
der sie spüren ließ, wie lieb er sie hatte und wie
sehr er sich über ihren Besuch freute.
Mit ihren über 80 Jahren war Oma Junie eine
fleißige Followerin und verfolgte Timmys
Abenteuer täglich online.
Einen Anfall musste sie zum Glück nie live
miterleben.
Sightseeing, besondere Spaziergänge und
Unternehmungen ließen gar keine Zeit dafür.
Dann kam Corona und kurz danach verließ uns
unsere englische Omi für immer.
Timmy wusste natürlich nicht, was los war,
spürte aber unsere Trauer und trauerte mit.
Jetzt sitzt der Good Boy wieder neben Oma
Junie, versteht endlich jedes Wort ohne
Dolmetscher oder Wörterbuch und zelebriert
mit ihr die Teatime mit feinem Gebäck.
Genießt die gemeinsame Zeit ihr beiden und
lasst es euch schmecken!

Dann war da die Sterbebegleitung meiner
Eltern bei uns zuhause.
Wir haben erst meinen Vater bis zu seinem Tod
gepflegt und danach auch meine Mutter.

Oma und Opa waren für Timmy wichtige Bezugspersonen, da wir in einem Haus wohnten und sie als Mopssitter eingesprungen sind, wenn Not am Mann war.
Er verbrachte viel Zeit mit ihnen.
Als Timmy damals ja doch sehr überraschend eingezogen ist, waren sie erst nicht so begeistert und etwas skeptisch.
Dieser Zustand hielt etwa 10 Minuten an, dann hatte Herr Mops sie bereits um die Kralle gewickelt und auch ihr Herz im Sturm erobert.
Wenige Tage später saß er schon grinsend mit ihnen am Frühstückstisch und ließ sich verwöhnen.
Für die beiden war es sehr schlimm, als ihr kleiner Freund krank wurde und sie ihm nicht wirklich helfen konnten.
Aber auch sie lernten, damit umzugehen und sich an die Spielregeln zu halten.
Die Drei waren ein super Team und als mein Vater krank und pflegebedürftig wurde, wich Timmy ihm nicht von der Seite.
Eines Tages bestand er darauf, von uns auf das Krankenbett gehoben zu werden.
Daraufhin erlebten wir die erste bewusste Reaktion meines Vaters seit Tagen.
Er strahlte und hob den Arm, um Timmy zu streicheln und versuchte sogar, seinen Namen zu sagen.
Diesen Moment werden wir alle nie vergessen, weil es seine letzte Reaktion war und mein Vater wenige Tage später verstarb.
Ich sehe aber noch heute das pure Glück

und die Liebe in seinem Blick und Timmy,
wie er ihm zart über die Hand leckt.
Einige Monate später wurde auch meine Mutter
krank und immer seniler und schwächer.
Auch sie konnte ihre letzten Monate zuhause
verbringen und friedlich hier einschlafen.
Und auch sie wurde von Timmy auf dieselbe
Weise verabschiedet.
Als er zu ihr ins Bett wollte, wussten wir direkt,
dass es Zeit zum Verabschieden war.
Timmy trauerte auf seine Weise und spendete
uns allen trotzdem Trost.
Auf ihn war immer Verlass!
Dass er bei der Trauerfeier dabei war, brauche
ich wohl nicht erwähnen...
Er vermisste die beiden sehr und wenn die
Worte Oma oder Opa fielen, wurde er immer
hellhörig und er wartete, dass sie um die Ecke
kamen.
Nachdem nun alle Taschentücher verbraucht
sind und ich erst wieder Nachschub besorgen
muss, erzähle ich zur Abwechslung etwas
Schönes.
Nach dem Tod meiner Eltern zogen wir mit Sack
und Pack im Haus von oben nach unten.
Bei der Renovierung hat Timmy super geholfen
und stand regelmäßig und dekorativ im Weg.
Das konnte er besonders gut!
Beim Betten beziehen auf dem Wäschestapel
liegen, beim Wischen genau im Weg stehen oder
spätestens direkt danach einmal durchstapfen,
beim Laminat legen auf den Brettern...
Hauptsache mittendrin statt nur dabei,

das war sein Motto und das hat er gnadenlos durchgezogen.
Wir hatten ein wenig bedenken, ob Timmy den Umzug so hinnimmt oder ob das Chaos oder das Neue vielleicht Anfälle triggern würde, aber es funktionierte alles reibungslos.
Letztendlich ersparte ihm dieser Umzug nach unten noch einige Jahre ständiges Treppensteigen.
Gerade jetzt im Alter hätten wir ihn sicher tragen müssen, so konnte er nach Lust und Laune einfach in den Garten laufen.
Das war auch für uns eine Erleichterung.
Gerade nachts oder nach einem Anfall war es jetzt deutlich entspannter, wenn Timmybär raus musste zum Lösen oder Zwangswandern.

Ein halbes Jahr nach dem Tod meiner Mutter erfuhren wir, dass wir Großeltern werden.
Unsere Shelly wurde Mama und damit zum Bewachungsobjekt Nummer 1 für Timmy.
Er nahm seinen Job als Babysitter schon lange vor der Geburt mehr als ernst, der Bauch war seiner. Punkt.
Bei der Babyparty vor der Geburt war Timmy selbstverständlich Ehrengast und feierte fröhlich mit.
Nur den Eiswagen zum Nachtisch hat er komplett verpasst.
Mittagsschlafzeit, da gab es keine Ausnahme und selbst im größten Gewühl suchte er sich ein ruhiges Plätzchen und schlummerte friedlich vor sich hin bis 13.20 Uhr.

Das war nämlich Turbo-Keks-Zeit!
Seine selbstgebackenen Kekse waren ein ganz
besonderes Leckerli für den kleinen Genießer.
Ich habe irgendwann angefangen,
selbst für ihn zu backen.
So konnte ich sicher sein, dass sich alle
Zutaten mit seinen Medikamenten vertrugen,
und Herr Mops durfte jeden Mittag eines dieser
Backwerke genüsslich verputzen.
Sicher ist sicher!
Ganz einfach gemacht übrigens:
1 Becher Magerquark, 1 Ei, 1 gematschte
Banane, Haferflocken nach Gefühl und etwas
MCT Öl.
Ich habe daraus immer Stangen in den Händen
gerollt und sie dann gebacken, bis sie lecker
aussahen und sich gut vom Blech lösen ließen,
etwa eine halbe Stunde bei 200 °.
Eines seiner Highlights neben dem Turbobrei
abends um 20 Uhr. Der musste auch sein!
Wenn Timmy den Brei mal verweigert hat,
wussten wir, dass es ihm überhaupt nicht gut
ging. Das kam aber sehr selten vor,
meistens wurde der Brei motzend eingefordert
und die Schüssel ratzfatz auf Werkszustand
gebracht.

Und dann war da plötzlich Baby Dario,
ganz in echt und nicht mehr in dieser Kugel
verpackt.
Timmy durfte ihn selbstverständlich mit aus
dem Krankenhaus abholen und zum ersten Mal
vorsichtig beschnüffeln.

Ein sehr emotionaler Moment für uns alle!
Onkel Mops war zurückhaltend und vorsichtig,
blieb aber an Darios Seite sitzen und passte
auf, dass ihm nichts passierte.
So ging es in der ersten Zeit weiter, er fand den
Zwerg gut, aber auch ein bisschen spooky.
Darios Taufe wurde im Wald gefeiert,
damit Timmy auch dabei sein konnte.
Das war etwas ganz Besonderes, eine
wunderschöne Atmosphäre und ein
unvergessliches Erlebnis.
Als Dario mobiler wurde, musste Timmy erst
einmal mit Abstand die Lage peilen.
Er ließ sich aber geduldig von den kleinen
Patschehänden streicheln,
auch wenn es manchmal aus Versehen nicht
ganz so zärtlich war.
Es war so schön, die beiden zusammen zu
sehen!
Dario konnte schon sehr früh Timmys
unverwechselbares Bellen imitieren und nannte
ihn Heidi (keiner weiß warum).
So wurde aus Timmy zeitweise Onkel Heidi und
er kam angerannt, wenn man ihn so rief.
Dario und Heidi spielten gerne zusammen Ball
und Timmys Lieblingsbälle gehören nun Dario.
Immer wenn er bei uns ist, werden sie geholt,
kurz erfolglos nach Timmy gesucht und dann
gespielt.
Der kleine Mann ruft oft nach Heidi und
versteht natürlich nicht, dass der plötzlich
einfach nicht mehr da ist.

Keiner sitzt geduldig neben seinem Hochstuhl und wartet, dass etwas absichtlich oder aus Versehen herunterfällt.
Dario hat immer gern mit Timmy geteilt und ihn sogar mit dem Löffel gefüttert.
Da auch sein Brei ungewürzt war, brauchten wir da keine Angst haben.
Als Dario anfing zu laufen, war Onkel Heidi an seiner Seite.
Damit erfüllte sich für uns ein Herzenswunsch, Dario mit Timmy an der Leine zu sehen und zu fotografieren.
Die Zwei waren ein so süßes Gespann und wir sind froh und dankbar, dass wir diese Zeit erleben durften.
Wir hatten uns Timmy/Dario Etappenziele gesetzt: Ziel 1 war das Kennenlernen,
Ziel 2 Darios erste Schritte mit Timmy an der Leine und
Ziel 3 das gemeinsame Feiern von Timmys 14. Geburtstag.
Das haben wir alles geschafft!
Diese Momente werden wir immer im Herzen tragen und sie sind unendlich wertvoll.

Auf Spaziergängen blühte Timmy auf und lief ausdauernd und glücklich neben dem Kinderwagen her.
Für kurze Auszeiten zwischendurch wurde der Einkaufskorb im unteren Teil genutzt.
Das hat Timmy immer dankbar angenommen, wenn er sich etwas ausruhen musste.

Herbstlaub, Weihnachtsbeleuchtung,
Spielplätze – alles wurde zusammen erkundet
und beide hatten so viel Spaß dabei.
Dario schaute sich einiges von Timmy ab,
sein Bellen, seine herausblitzende Zunge,
seine oftmals merkwürdigen Schlafstellungen.
Timmy hat Dario noch als Nachfolger
eingearbeitet und als er damit zufrieden war,
konnte er beruhigt gehen.
Natürlich hätten wir uns viel mehr Zeit und
mehr gemeinsame Erlebnisse gewünscht.
Wir sind aber andererseits auch froh,
dass Dario noch so klein ist und nicht viel mehr
Fragen stellt und noch nicht versteht,
was eigentlich los ist.
Das würde uns noch mehr das Herz brechen.

Wir werden dafür sorgen, dass Timmy auch für
Dario unvergessen bleibt.
Wir werden ihm erzählen, wie sehr Timmy ihn
geliebt hat und wie er geduldig auf seine
Krümel gewartet hat, werden ihm Fotos und
Videos zeigen und ihm immer wieder sagen,
wie stolz Onkel Heidi auf ihn ist und dass er
ihn immer bewachen wird.
An seinem letzten Tag waren Shelly und der
Zwerg noch bei uns und es gab jede Menge
Streicheleinheiten, zum Spielen fehlte Timmy
die Kraft.
Aber er war glücklich, dass seine ganze Familie
um ihn versammelt war.
Nun wird es doch wieder Zeit für ein
Taschentuch, aber das ist in Ordnung.

Es überkommt mich/uns immer wieder wie aus dem Nichts.
Man hatte einen ganz guten Tag und dann sind da plötzlich Bilder oder Erinnerungen im Kopf und ein dicker Kloß im Hals und man muss einfach weinen.
Weinen, weil man Timmybär so vermisst, weil man sich ein Leben so ganz ohne ihn nicht vorstellen kann, weil man dankbar für die vielen schönen Jahre ist oder weil man sich wünscht, noch irgendetwas Bestimmtes gemacht zu haben.
Ich wünsche mir zum Beispiel manchmal, ihm noch ein großes Würstchen gegeben zu haben. Auf so etwas kommt man dann und kriegt sich vor lauter Heulen nicht mehr ein.
Ich weiß, dass das Blödsinn ist.
Er hat sogar von unserer Tierärztin noch etwas Leckeres zu futtern bekommen, aber halt kein Würstchen.
Man hatte doch irgendwie noch ein Fünkchen Hoffnung, dass er sich noch einmal aufrappelt und wieder gesund wird.
Dann ein Anfall wäre fatal gewesen, also aus gutem Grund kein Würstchen.
Selbst da hat die Vernunft gesiegt, auch wenn das Herz etwas anderes sagte.
Als Epifellbesitzer hat man irgendwann alles so verinnerlicht, dass man um nichts in der Welt über seinen Schatten springen kann.
Wir mussten uns so viele Jahre an die Spielregeln halten, damit es Timmy gut ging.

Das kann man nicht einfach über Bord werfen, auch wenn man es sich im Nachhinein wünscht.
Wir haben sogar zum letzten Arztbesuch seine Tabletten mitgenommen, Blödsinn, aber das mussten wir irgendwie.
Ich frage mich oft, ob ich an seinem letzten Tag noch etwas anders hätte machen können, und diese Frage macht mich manchmal wahnsinnig.
Im Prinzip weiß ich, dass das nicht der Fall ist, und trotzdem denkt man an bestimmte Situationen mit einem „hätte ich mal"...
Ich glaube aber, wer das schon einmal erleben musste, kennt diese Gedanken und ich bin da nicht die Einzige. Es ist immer zu früh!
Am 8. Januar 2025 erlebten wir nach 284 anfallsfreien Tagen unseren letzten epileptischen Anfall.
Man hofft immer, dies nie wieder erleben zu müssen. Dass es nun wirklich das allerletzte Mal war, ahnte keiner von uns.
Auch wenn man noch jetzt in der ein oder anderen Nacht das typische Zappeln wahrnimmt, hat unser prall gefüllter Epi-Ordner nun den Weg in die Timmy Schatztruhe gefunden und wird nicht mehr benötigt.
Mein Timmybär, das war dann wohl das letzte Kapitel unseres gemeinsamen Buches.
Dieses Buch können wir dank der unzähligen Aufzeichnungen, Bilder und Videos immer wieder öffnen, uns die schönsten Seiten anschauen und für immer im Herzen tragen!

Ich würde euch gern noch Tipps mit auf den Weg geben, wie man am besten mit dem Verlust umgeht und klarkommt.

Da muss ich aber leider passen...
Es tut einfach unfassbar weh und ich kann mir im Augenblick selbst nicht vorstellen, dass dieser Schmerz irgendwann nachlässt.
Manchmal ist es ganz okay, aber dann fließen plötzlich von jetzt auf gleich die Tränen.
Ich schlafe sehr schlecht seitdem und wenn ich wach werde, habe ich die Bilder der letzten Minuten vor Augen.
Ich habe Dinge gemacht, die ich brauchte und die mir in dem Moment wichtig waren und guttaten.
Timmys Ehrenplatz, eine prall gefüllte Schatztruhe mit besonderen Erinnerungsstücken, eine Kiste mit ausgedruckten Fotos und Schmuck und Deko mit seinem Fell.
Das Fell ist mein Heiligtum und ich bin sehr dankbar, dass meine Tierärztin daran gedacht hat, uns etwas davon mitzugeben.
Ich habe die Trauer zugelassen und mich mit lieben Menschen ausgetauscht.
In solchen Momenten erkennt man wahre Freunde, aber auch das Gegenteil.
Wir haben vieles dem Tierheim gespendet oder guten Bekannten mit Hunden,
das musste ich zeitnah erledigen.
Eine Bekannte hat mir 2 kleine Kissen aus den Shirts genäht, die Timmy zum Schluss getragen hat, weil er so kalt war.

So kleine Dinge fürs gebrochene Herz, die
einem zumindest kurz ein Lächeln schenken.
Viele raten uns, einen neuen Hund einziehen zu
lassen. Das kann und will ich zumindest
aktuell auf keinen Fall.
Ich möchte das nicht noch mal erleben müssen!
Aber wer weiß, was die Zeit bringt.

Anmerkungen meines Ghostwriters
Auch wenn ich nur ghostwrite muss ich einiges
loswerden.
Meine liebe Familie, es geht mir gut hier oben.
Ich kann alles machen, was ich in den letzten
Tagen bei euch nicht mehr konnte.
Liegen, schlafen, laufen, meine Geschäfte
erledigen, fressen – ohne Schmerzen!
Ich vermisse euch auch, bin aber immer da,
auch wenn ihr mich nicht sehen könnt.
Ich wette, ihr spürt ab und zu, dass ich bei
euch bin, kleine Zeichen kann ich mir nämlich
nicht verkneifen.
Ein Windhauch, ein sanftes Streicheln, ein
Mopshaar, ein komisches Geräusch,
ein besonders heller Sonnenstrahl,
ein Regenbogen, ein Kitzeln, ein Mopsgesicht in
einem Holzbalken… – das könnte durchaus ICH
gewesen sein.
Ich hatte alles, was ich brauchte, immer!
Trotz der ollen Epilepsie war dank euch jeder
Tag der schönste Tag.
Darum hört auf zu heulen jetzt und denkt an
die schöne Zeit zurück, wir hatten uns 14
wunderschöne Jahre lang.

Das ist mehr, als wir uns jemals erhofft hatten!
Macht mit der Erziehung von Dario da weiter,
wo ich aufgehört habe.
Ich werde das alles beobachten und meiner
Gang hier oben stolz zeigen,
was der Zwerg nun schon alles kann.
Lieber Dario, Onkel Heidi wird immer auf dich
aufpassen, großes Mops-Ehrenwort!
Und Shelly, du machst aus dem Zwerg einen
würdigen Heidi-Nachfolger, das weiß ich.
Du machst einen perfekten Job als Mama!
Oma und Opa platzen vor Stolz hier oben und
heulen jedes Mal, wenn Dario ihr Foto verlangt
und küsst. Ich soll euch alle lieb grüßen.
Liebe Follower und Followerinnen, liebe Leser,
reisen wir zusammen mal fast 11 ganze lange
Jahre zurück. Damals stand die Epihexe das
allererste Mal vor meiner Tür und wir Dussels
kannten sie ja damals gar nicht und haben sie
reingelassen!
Wenn wir geahnt hätten, was da auf uns
zukommt, hätten wir ganz schnell alles
verriegelt und uns versteckt!
Tja, hinterher ist man immer klüger...
Nee Quatsch, niemand hätte sie aufhalten
können, wenn sie kommt, kommt sie,
ob du willst oder nicht.
Aus dem Nichts ohne Vorwarnung ist plötzlich
alles anders. Angst vor dem, was kommt,
schlaflose Nächte, Arztbesuche ohne Ende...
Viele von euch kennen das ja leider!
Und alle haben Angst, dass wir Epihunde
nur noch leidende Zombies sind,

die nicht alt werden und nix von ihrem Leben haben.
Es wird immer noch viel zu wenig öffentlich berichtet und aufgeklärt, genau deshalb habe ich mich damals mit meiner Geschichte an die Öffentlichkeit gewagt und viele Jahre aus meinem Epi-Nähkästchen erzählt.
Insgesamt hatte ich über 100 Anfälle, eine ganze Menge also.
Irgendwann stolperten wir über Dr. Benny und seitdem hatten wir das alles zusammen mit meiner Tierärztin hier vor Ort mega gut im Griff!
Hier und da ein Anfall, aber das hakten wir als "ist halt so" ab.
Ich bin 14 geworden und damit wohl der beste Beweis, dass Epileptiker sehr wohl alt und grau werden können und jede Menge Spaß am Leben haben!
Mein Rat an euch da draußen, die noch ganz am Anfang der Epi-Odyssee stehen:
Lasst euch helfen! Holt euch einen Spezialisten mit ins Boot, der eure Reise begleitet.
Macht euch mit der Erkrankung vertraut, saugt alles an Infos auf, was nicht bei 3 auf dem Baum ist. Verstehen gibt ein Stückchen Sicherheit, Akzeptieren lässt ein fast normales Leben zu.
Engagierte Besitzer, ein toller Hausarzt vor Ort plus einen Facharzt als Sahnehäubchen = der Schlüssel zum Erfolg! Darum lasst euch nicht unterkriegen, sondern feiert das Leben!
Liebe letzte Grüße von eurem Ghostwriter
Timmybär ♡

in loving memory

in loving memory

in loving memory

Kommen wir nun zum 2.Teil des Buches, der mir auch sehr am Herzen liegt.
In unserer Gruppe gibt es täglich bis zu 10 neue Anfragen, zum Großteil von verzweifelten Hundehaltern, deren Hund zum ersten Mal gekrampft hat.
Jeder kann sich wohl nur zu genau an die Anfangszeit erinnern und wie überfordert man mit allem war.
Mir hat damals der Austausch mit Leidensgenossen wahnsinnig geholfen.
Man war plötzlich nicht mehr allein damit und konnte ungezwungen all seine Ängste und Sorgen loswerden und wurde verstanden.
Uns ist ein geschützter Raum für eben diese Hundehalter sehr wichtig und aus diesem Grund nehmen wir inzwischen auch nur noch persönlich Betroffene an.
Natürlich beschäftigen jeden zu Anfang fast dieselben Dinge, deshalb sammelte sich im Laufe der Jahre neben ärztlichem Fachwissen einiges an Infos und Dateien von Besitzer zu Besitzer an. Kleine Helferlein, die gerne in Anspruch genommen werden und deshalb auch „zum Anfassen" und nachschlagen eine gute Sache sein dürften.
Ich würde mich freuen, wenn diese Zusammenfassung dem ein oder anderen etwas mehr Gelassenheit und Sicherheit im Umgang mit ihrem Epifell geben würde.
Medizinische Bücher gibt es zum Thema einige, Erfahrungen Betroffener könnten das Ganze abrunden.

BESITZER

HANDBUCH

Handbuch für Epihund-Besitzer

Hier möchte ich euch ein paar Dinge von
Besitzer zu Besitzer weitergeben,
die ich in unseren über 10 Jahren Epilepsie
gelernt und gelebt habe.
In unserer Facebookgruppe „Epilepsie bei
Hunden" befassen wir uns täglich mit den
Sorgen und Nöten betroffener Besitzer.
Solch eine Gruppe ist Fluch und Segen
zugleich, je nachdem, wie man selbst tickt.
Es hilft ungemein, nicht mehr allein mit all den
Sorgen, Fragen und Ängsten zu sein.
Man wird verstanden, aufgebaut, unterstützt
und manchmal auch ein Stück weit geschubst.
Die Schattenseite für einige ist das Geballte,
die vielen hilflosen und traurigen Beiträge.
Es wird deutlich mehr Schlimmes als Positives
berichtet.
Man wendet sich an die Gruppe, wenn es
gerade nicht gut läuft, wenn man Angst hat
und rat- oder mutlos ist.
Das erschreckt und überfordert einige,
was absolut verständlich und legitim ist.
Es gibt aber auch positive Meldungen,
zum Beispiel wenn ein Meilenstein erreicht
wurde, die längste anfallsfreie Zeit,
die Besserung der Nebenwirkungen oder gute
Untersuchungsergebnisse.
Das wird dann gemeinsam gefeiert!
Man muss schauen, ob man mit einem solchen
Gruppenleben zurechtkommt oder ob es einen
überfordert.

Jeder ist da anders und muss für sich selbst entscheiden, was ihm guttut!
Ich kann jeden verstehen, der nach einiger Zeit die Reißleine zieht und die Gruppe verlässt, weil ihn das alles noch mehr runterzieht.
Meist bekommen wir allerdings sehr positives Feedback und unsere Mitglieder fühlen sich aufgefangen und gut aufgehoben.
Es gibt neben unserer Gruppe einige weitere zum Austausch. Jede mit anderen Prioritäten und Herangehensweisen.
Schaut, wo ihr euch am wohlsten fühlt und welche am besten zu euch passt
oder überlegt, ob es Sinn macht, in mehreren Gruppen aktiv zu sein.

Wichtig:

Inhalts-
verzeichnis

Der erste Anfall, was nun?

Mit Arschbombe ins kalte Wasser trifft es wohl am besten.
Plötzlich verhält unser Hund sich komisch, fällt zur Seite und krampft.
Aufgerissene Augen, weit aufgerissenes und schäumendes Maul,
der ganze Körper zuckt und für uns geht kurz die Welt unter.
Sekunden wirken wie Stunden, wir sind hilflos, gelähmt und schockiert.
Der erste Gedanke ist oft: Mein Hund stirbt!
Zum Glück ist dieser Zustand meist schnell vorbei und das geliebte Tier kommt langsam wieder zur Ruhe.
Bei uns war es immer so, dass Timmy nach dem eigentlichen Anfall noch eine Weile fast reglos da lag und wieder zu sich kommen musste. Postiktale Phase nennt man das.
Danach stand er etwas orientierungslos und wackelig auf, schnüffelte viel und brauchte erst einmal etwas Zeit, um sich wieder zurechtzufinden.
Oftmals verlieren die Hunde Urin und/oder Kot während des Anfalles oder schreien sogar fürchterlich. Letzteres hat aber nichts mit Schmerzen zu tun, sondern nennt sich Initialschrei.
Die Atemmuskeln ziehen sich zu Beginn eines Anfalles ebenfalls zusammen und es kann eben dieser Schrei entstehen,

der uns als Besitzern durch Mark und Bein
fährt.
Ist Hund wieder richtig da und kann
weitestgehend selbstständig laufen,
muss er sich meistens lösen.
Das Zwangswandern setzt mehr oder weniger
heftig ein und ist ganz unterschiedlich
ausgeprägt.
Bei uns gab es alles von sofort normal bis
stundenlang ruhelos umherlaufen.
Wichtig ist, dass sie dabei nicht allein sind.
Sprich, dass sie unterwegs nur angeleint und
im Garten gesichert und unter Beobachtung
ihre Runden drehen können.
Alles andere wäre viel zu gefährlich, denn man
weiß nie, was in dem durcheinandergewirbelten
Köpfchen noch vor sich geht und ob vielleicht
ein weiterer Anfall folgt.
Nach dem Zwangswandern folgt oft ein
unglaublicher Hunger und Durst und
irgendwann setzt dann die Müdigkeit ein.
So ein Anfall gleicht einem Marathon.
Wir sind damals direkt nach dem ersten Anfall
für erste Untersuchungen zum Tierarzt
gegangen und das würde ich jederzeit wieder
genauso machen.
Krampfanfälle können so viele Ursachen haben
und man sollte meiner Meinung nach
zumindest Vergiftungen oder organische
Ursachen direkt abklären lassen.
Worauf warten?
Der erste Anfall kommt meist aus dem Nichts
und macht wahnsinnige Angst.

Natürlich, denn unsere Hunde gehören zur Familie und wir wollen, dass es ihnen gut geht. 1000 Ängste und Fragen. Wie soll alles weiter gehen? Muss mein Hund bald sterben? Kann mein Hund ein normales Leben führen? Können WIR ein normales Leben führen? Was muss ich tun? Was muss ich beachten? Wie sollen wir damit klarkommen? Warum gerade wir?

Hier eine kleine Zusammenfassung als Hilfestellung für die erste Zeit, denn besser verstehen heißt weniger Angst.

Bei fokalen oder auch partiellen Anfällen ist nur eine Hirnhälfte betroffen.

Man nimmt z.b. ungewohnte Zuckungen verschiedener Körperregionen wahr.

Generalisierte Anfälle (auch genannt Grand Mal oder kurz GM) betreffen das gesamte Gehirn.

Manchmal kündigen sich diese schon Tage vorher durch Verhaltensänderungen an, die als Aura bezeichnet werden.

Schlagartig setzt dann der Anfall ein.

Entweder mit starken Zuckungen oder direkt durch Krämpfe und Bewusstseinsstörungen.

Nicht alle Hunde sind dabei bewusstlos, auch wenn das am häufigsten berichtet wird, gibt es auch Ausnahmen.

Wichtiger Punkt für euer Anfallstagebuch!

Diagnose:

Es bedarf einer gründlichen Ausschlussdiagnostik. Das heißt mögliche Ursachen für die Krampfanfälle werden gesucht/ausgeschlossen.

Man geht also nicht zum Arzt, lässt Blut abnehmen und ein Wert sagt ganz klar: ja, das ist Epilepsie. Leider ist es bis zur „Diagnose Epilepsie" mitunter ein weiter Weg mit vielen Untersuchungen. Wenn ihr die Möglichkeit habt, fragt auch unbedingt beim Züchter oder Haltern von Geschwistertieren nach, ob dort bereits Krampfanfälle aufgetreten sind. Auch das wäre ein wichtiges Puzzleteilchen in der Diagnostik, welches den weiteren Ablauf beeinflussen kann. Wenn alle Untersuchungen ohne Befund verlaufen, geht man von idiopathischer Epilepsie = ohne erkennbare Ursache aus.

Was sollte untersucht werden? Zuerst wird im Normalfall ein großes Blutbild veranlasst. Dies beinhaltet Leber- und Nierenwerte und ob Anzeichen für eine Infektion oder einen niedrigen Blutzuckerwert vorliegen. Auch ein Schilddrüsenprofil mit allen Werten wird empfohlen. Ein Herzcheck sollte auch vorgenommen werden. Bei Hunden mit idiopathischer Epilepsie werden die Blutwerte unauffällig sein. Weiterführende Untersuchungen können beispielsweise ein CT oder ein MRT vom Gehirn oder auch eine Liquorpunktion (Untersuchung der Hirn-Rückenmarksflüssigkeit) sein.

Diese werden angeboten, um Gewissheit zu haben, dass im Gehirn alles in Ordnung ist und um wirklich jede mögliche Ursache auszuschließen.

Wichtig für den Arzt sind folgende Infos, welche am besten zeitnah in einem **Anfallstagebuch** festgehalten werden:

- Datum und Uhrzeit des Anfalls
- Dauer des Anfalls
- Wach oder schlafend
- Stärke des Anfalls

(zB. Skala von 1 = schwach bis 3 = stark)

- Ablauf (Bewusstlos? Rudern mit den Pfoten? Urin- und/oder Kotabsatz? Übermäßiges Speicheln? Kaubewegungen? Hat mein Hund mich wahrgenommen, auf mich reagiert?)
- besondere Vorkommnisse in den letzten Tagen oder direkt vor dem Anfall
- Verhalten vor und nach dem Anfall (Unruhe, Verwirrtheit, Schnüffeln, Benommenheit, Angst, Aggressivität, Desorientiert, Anhänglichkeit, starrt in die Luft, blind, taub...)
- Wurden Notfallmedikamente verabreicht? Welche in welcher Dosierung? Mit welcher Wirkung?

Es sollte unbedingt regelmäßig und gewissenhaft ein Tagebuch mit oben genannten Punkten geführt werden.

Dies gibt es beim Tierarzt oder auch zum Downloaden oder als App.

Auch wenn es schwerfällt:

Ein **Video vom Anfall** hilft uns selbst und auch dem Tierarzt, das Ganze besser einzuschätzen. Für uns fühlen sich in dem Moment Sekunden wie Stunden an, das Zeitgefühl fehlt komplett. Eine Videoaufnahme hilft da sehr.
Auch von der Art und Stärke des Anfalles kann sich der Arzt ein viel besseres Bild machen, wenn er es selbst sieht.
Ich muss ehrlich gestehen, dass ich es in den ganzen Jahren nur 2x geschafft habe, einen Anfall zu filmen und ich bewundere jeden, der das öfter hinbekommt!
Man fühlt sich so mies, wenn die Hunde da liegen und krampfen und man auch noch die Kamera draufhält, aber es ist so wichtig.
Timmy hatte allerdings auch immer Grand Mal Anfälle wie aus dem Bilderbuch,
die sich gut auch ohne Bildmaterial beschreiben ließen.
Ich habe dann eher mal danach kurz gefilmt, wenn er sich anders verhielt als gewohnt oder das Zwangswandern extrem war.
Alles, was sich schwer erklären lässt und „anders" ist, haltet kurz per Video fest.
Natürlich hat auch hier die Sicherheit aller Beteiligten oberste Priorität, aber das sollte ja klar sein.
Anfallsvideos in Gruppen wie unserer sorgen oft für Diskussionen.
Leider kommen hin und wieder Kommentare wie „Schäm dich, du solltest bei deinem Hund sein, statt ihn auch noch zu filmen!"
oder „Wie kann man so herzlos sein?"

Ich verstehe, dass sich viele diese Videos nicht anschauen können/wollen! Dennoch sind sie erlaubt und wichtig. Wichtig zum Vergleich, wichtig für einige zum Verarbeiten, wichtig um Ratschläge zu bekommen, wichtig um den Anfall zu beschreiben – kurz: einfach ein berechtigter Bestandteil einer Epilepsiegruppe! Es besteht keine Verpflichtung, sich diese Inhalte anzusehen oder selbst Videos zu veröffentlichen. Aber bitte verurteilt auch niemanden, der auf diesem Wege Hilfe sucht!

Niemand filmt das aus Spaß oder für Klicks, sondern als Dokumentation.

Erstabklärung und Ausschlussdiagnostik
Was sollte untersucht werden?
- Allgemeine Untersuchung
- Blutscreening - **Differentialblutbild** (Verteilung von roten, weißen Blutkörperchen, Blutplättchen) und **Blutchemieprofil** (Organwerte - Leber, Niere, Bauchspeicheldrüse und Co)
- Neurologische Untersuchung (Beurteilung der Funktionen des gesamten Nervensystems)

Das kann schon erste Hinweise oder aber Grund für weitergehende Untersuchungen geben.
Sollte alles bis hierhin unauffällig und ohne Befund sein, wird in den meisten Fällen erst einmal abgewartet nach dem Motto „Ein Anfall ist kein Anfall".

Weiterführende Untersuchungen wären dann zum Beispiel ein komplettes Schilddrüsenprofil, Bauchschall, Tests auf Mittelmeer- und/oder Zeckenkrankheiten bis hin zu MRT mit Liquorpunktion.
Alles individuell mit dem Tierarzt des Vertrauens oder dem Neurologen abzusprechen.

Sollte sich die „Diagnose" idiopathische Epilepsie bestätigen, sprich wenn alle Untersuchungen ohne Befund blieben, müssen wir lernen, die Erkrankung anzunehmen und mit ihr zu leben.
Wir dürfen aber nicht unser Leben von ihr bestimmen lassen!
Unser Hund ist und bleibt mehr als nur Epilepsie!
Sicher muss man sich an gewisse Spielregeln halten und es gibt einige Einschränkungen, aber in den meisten Fällen bleibt das Leben für Hund und Halter schön und lebenswert!
Macht euch schlau, lest so viel wie möglich zum Thema und werdet selbst aktiv. Verstehen und akzeptieren gibt ein Stückchen Sicherheit!

Verhalten rund um die Anfälle
Wer kennt es nicht? Es rumpelt (vorzugsweise nachts) und man steht sofort senkrecht im Bett. Das typische "Anfallsgeräusch" ist unverwechselbar und lässt uns direkt zum Hund rennen.
Wir finden ihn krampfend vor - aber was dann?

Jeder findet im Laufe der Zeit seinen eigenen Turn und es stellt sich eine Art Routine ein, ein paar Dinge sollten aber generell beachtet werden:

- Ruhe bewahren, auch wenn es schwerfällt! Unsere Nervosität überträgt sich und verunsichert unsere Hunde noch mehr.
- Die Zeit im Auge behalten! Wichtig für die Dokumentation im Tagebuch und die Kommunikation mit dem Tierarzt.
- Hund möglichst sichern! Sofern gefahrlos möglich, den krampfenden Hund rundum etwas mit Kissen/Decken/Handtüchern abpolstern und gefährliche Gegenstände außer Reichweite schaffen.
- Die eigene Sicherheit geht immer vor! Auch der liebste Kuschelbär kann im Anfall oder danach unbewusst übel zubeißen. Sie haben keine Kontrolle und schnappen während des Krampfes mitunter einfach zu. Es gab schon böse Verletzungen mit langen Krankenhausaufenthalten der Besitzer. Also weg vom Hund! (Ausnahmen bestätigen die Regel)
- Den Hund nicht festhalten oder auf ihn einreden! Jeder weitere Reiz ist kontraproduktiv. Festhalten kann sogar für Verletzungen der Gliedmaßen sorgen, da eine enorme Kraft hinter den Krampfbewegungen steckt.

- Während eines Anfalles und auch danach TV und Radio aus und Licht minimieren, ebenfalls wegen der zusätzlichen Reize. Gerade flackerndes Licht gilt als Trigger.
- Notfallmedikament bereitlegen und nach genauer Anweisung des Arztes einsetzen! Hier gilt IMMER die Absprache mit dem TA, welche variieren kann. Lasst euch da nicht von Erfahrungsberichten anderer verunsichern, das Notfallmanagement ist individuell, auch wenn es gewisse Grundempfehlungen gibt
- Nach dem Anfall den Hund langsam und ganz in Ruhe wieder zu sich kommen lassen und ihn keinesfalls bedrängen!
- Bei Hunden, die aggressiv reagieren, Abstand halten, bis sie wieder richtig bei sich sind.
- Die meisten Hunde müssen sich unmittelbar nach einem Anfall lösen, also angeleint/gesichert nach draußen.
- Um die Reserven wieder aufzufüllen, darf es dann etwas (!) Futter sein oder ein wenig Traubenzucker.
- Eventuelle Spuren des Anfalls ohne großes Aufsehen beseitigen. Euer Hund sollte nicht das Gefühl bekommen, „böse" gewesen zu sein.
- Sollte der Hund nun das Bedürfnis zu wandern haben, wandern lassen oder sogar angeleint und gut gesichert eine Runde spazieren gehen. Das Zwangswandern ist ein normaler

und wichtiger Bestandteil und hilft dem Hund, sich wieder zu sortieren und runterzukommen.

- Bei zu langer Unruhe selbst so viel Ruhe und Normalität wie möglich ausstrahlen. Einfach mit dem weitermachen, was man vorher angefangen hatte oder sich selbst wieder hinlegen, einfach ruhig atmen und ohne großes Betüddeln oder Reden da sein.
Im besten Fall legt der Hund sich irgendwann einfach dazu und kommt zur Ruhe!
Das hat bei uns immer am besten funktioniert.
- Bei weiteren Anfällen nach dem individuellen Notfallplan vorgehen, sofern die Abstände nicht nur kurz sind und der Hund sich zwischendurch komplett erholt.
- Sollte er sich zwischen den Anfällen nicht komplett regenerieren oder nach mehr als 5 Minuten nicht aus dem Krampf finden, bitte Kontakt zum Arzt bzw. Notdienst aufnehmen und sich als Notfall ankündigen. Epi-Ordner, Medikamente und Notiz mit bereits eingesetzten Notfallmedikamenten mitnehmen und ab ins Auto, bestenfalls mit einer zweiten Person zur Unterstützung.
- Bei krampfenden Hunden hat sich der Transport in einer Decke bewährt, die als eine Art Trage umfunktioniert wird.

Das im Idealfall auch vorher einmal durchspielen, damit der Ablauf bei Bedarf reibungslos funktioniert.
Für alles gilt: Ausnahmen bestätigen die Regel und alles muss generell mit dem behandelnden Tierarzt besprochen werden!

Optimal ausgestattet seid ihr, wenn ihr euch direkt und gleich zu Anfang einen **Epi-Ordner** anlegt.
Epilepsie hält sich nicht an normale Sprechzeiten, das wissen wir wohl alle!
Damit unser Hund auch bestmöglich versorgt werden kann, wenn unser Tierarzt mal nicht greifbar ist, ist ein gut sortierter Epi-Ordner ein absolutes Must-have.

Was gehört in den Ordner:
- allgemeine Angaben zum Hund wie Geburtsdatum, Gewicht, Fütterung, erster Anfall, andere Erkrankungen
- Anfallstagebuch
- aktuelle Medikation
- Futter und Zusätze (auch Dinge wie Mariendistel, MCT Öl, Vitamine etc.)
- Notfallplan
- Impfpass
- Arztbesuche wann und warum
- andere Medikamente, die eingesetzt werden/wurden von bis, wegen....
- Einsatz von Antiparasitika (Spot Ons oder Tabletten) und Entwurmung

- alle Befunde, Blutbilder und ganz wichtig Spiegel - lasst euch immer ALLES aushändigen bzw. mailen, um so auch unnötige doppelte Untersuchungen zu vermeiden.

Ich hatte mir zusätzlich eine Tabelle zum Vergleich angelegt, in der ich nur die Spiegel mit Datum und Uhrzeit der Blutabnahme notiert habe.

Auf dem Ordner sollten Telefonnummern des behandelnden Tierarztes, Nummer des Facharztes und Notrufnummern angebracht werden.

Solltet ihr einen Notdienst aufsuchen müssen, nehmt sicherheitshalber neben diesem Ordner alle benötigten Medikamente mit.

Nicht jeder Arzt hat alles vorrätig und so entsteht keine Versorgungslücke, falls euer Hund stationär beobachtet werden muss!

Damit ist man gut gerüstet für den Fall der Fälle, der hoffentlich niemals eintritt.

Zusätzlich hat es sich bewährt,
sich zu allen weiteren eingesetzten Medikamenten kurze Stichpunkte zu machen.
Medikament XY wurde gegeben von... bis... wegen...und gut/nicht gut vertragen.
Abstand zu den Antiepileptika, evtl.
Nebenwirkungen.

Notfallplan
Mein Hund krampft, im schlimmsten Fall sogar mehrmals hintereinander, ein Anfall dauert länger an als gewohnt oder verläuft anders.

Dann wird es Zeit, Notfallmedikamente einzusetzen.

Bei mehr als einem Anfall innerhalb von 24 Stunden spricht man von Serien- oder Clusteranfällen.
Das kann schnell gefährlich werden und zum gefürchteten Status Epilepticus führen.
Das Notfallmanagement ist mit das Wichtigste überhaupt und absolut individuell.
Darum sprecht es unbedingt und bereits vorm Eintreten des Ernstfalles mit eurem Tierarzt bis ins kleinste Detail ab und lasst euch am besten einen schriftlichen Notfallplan aushändigen.
Diesen hängt für alle an der Betreuung und Pflege Beteiligten gut sichtbar auf.
Ich hatte magnetische Bilderrahmen für den Kühlschrank, so konnte man den Notfallplan bei Änderungen immer direkt austauschen.

Was sollte solch ein Plan beinhalten?
- Was setze ich wann und wie genau ein?
- Muss ich bei der Verabreichung etwas beachten?
- Welche Dosis gebe ich?
- Was mache ich, wenn mein Hund trotzdem wieder krampft?
- In welchen Abständen kann/muss ich die Gabe wiederholen?
- Was ist die Höchstdosis?
- Wann muss ich zum Tierarzt/Notdienst?
- Gebe ich die gewohnten Medikamente trotzdem zu den normalen Zeiten?

IM NOTFALL

SAFETY FIRST

EINSATZ DES NOTFALLMEDIKAMENTS ....
AB MINUTE .... **IN FOLGENDER DOSIERUNG**...........
ODER BEI MEHR ALS ....**ANFÄLLEN INNERHALB VON**
.........**STUNDEN IN FOLGENDER DOSIERUNG**...............

Dazu gerne die Nummer des Notdienstes oder der nächstgelegenen Klinik notieren. Meist passiert so etwas erfahrungsgemäß außerhalb der normalen Sprechzeiten. Sorgt auch dafür, dass mögliche Helfer informiert sind und bei Bedarf schnell einspringen. Einen krampfenden Hund allein zu transportieren ist alles andere als einfach!

Checkliste für den Tierarztbesuch
Es gibt unzählige Dinge, die im Alltag passieren können und die uns Epifellbesitzern dann ernsthaft Sorge bereiten. Dinge, auf die man oft sofort eine Antwort braucht, aber gerade keinen Arzt erreichen kann. Dinge, mit denen man nie gerechnet hätte. Deshalb mein Tipp: Legt euch eine Checkliste mit allen möglichen „Was wäre wenn's" an und geht sie mit eurem Tierarzt durch. Notiert euch eure Fragen und die Antworten, auch das macht uns im Umgang mit der Erkrankung sicherer. Ihr könnt bei Bedarf einfach schnell in eurem Epi-Ordner nachschlagen und sofort entsprechend handeln.

Mögliche Punkte auf dieser Liste:
- Wann setze ich Diazepam bzw. unser Notfallmedikament ein?
- Was muss ich tun, wenn mein Vierbeiner nach Eingabe direkt Kot verliert?
- Was muss ich tun, wenn ich die aktuelle Tabletteneingabe vergessen habe?
- Was muss ich tun, wenn ich die aktuelle Tablettendosis versehentlich doppelt gegeben habe?
- Was muss ich tun, wenn ich nicht weiß, ob mein Tier die Tabletten genommen hat?
- Was mache ich, wenn ich eine Tablette auf dem Fußboden finde?
- Was muss ich tun, wenn ein anderes Tier die Tabletten meines Epileptikers gefressen hat?
- Was muss ich tun, wenn mein Vierbeiner sich nach der Tabletteneinnahme übergeben hat?

Das passiert immer einmal und ist sehr oft Thema in der Gruppe.

Deshalb besprecht am besten mit eurem Tierarzt beim nächsten Besuch, ob und wann ihr einen Teil der Dosis nachgeben sollt.

ERBRECHEN NACH

WENIGER ALS 30 MINUTEN............DOSIS NACHGEBEN
WENIGER ALS 1 STD.........................DOSIS NACHGEBEN
WENIGER ALS 1,5 STD.....................DOSIS NACHGEBEN
WENIGER ALS 2 STD........................DOSIS NACHGEBEN
MEHR ALS 2 STD..............................DOSIS NACHGEBEN

- Was muss ich tun, wenn mein Vierbeiner akuten oder wiederkehrenden Durchfall hat?
- Gebe ich die Tabletten nüchtern oder mit Futter?
- Muss mein Hund für die Blutabnahme nüchtern sein?
- In welchem Abstand zur Tablettengabe sollen die Spiegelkontrollen stattfinden?
- Was kann ich tun, wenn mein Hund absolut nicht zur Ruhe kommt?

Das Ganze dann im Ordner abheften und bei Bedarf darauf zugreifen. Eine Sorge weniger!

Sollte euer Hund zeitweise aufgrund einer Erkrankung zusätzliche Medikamente benötigen, sprecht auch hier alles genau mit eurem Tierarzt ab.
Mitunter müssen gewisse Abstände zu den Antiepileptika eingehalten werden, um deren Wirkung nicht zu beeinflussen.
Das vergisst man oft im Akutfall und zuhause ist man dann verunsichert und ratlos.
Lasst euch immer den Beipackzettel mitgeben und lest ihn sorgfältig durch und notiert euch eventuell auftauchende Fragen dazu.

Therapie
Euer Tierarzt hat euch beraten und dann ein Medikament verordnet.
Im Normalfall wird vor Beginn über Besonderheiten zur Einnahme, über mögliche

Nebenwirkungen und über erforderliche Kontrollbesuche gesprochen.

Das kommt leider manchmal zu kurz und Besitzer werden mit einem Tütchen voller Tabletten und ohne Aufklärung und Beipackzettel nach Hause geschickt.

Fragt nach! Geht nicht aus der Praxis, ohne wirklich zu wissen, was ihr da geben sollt, wie es wirkt und was es zu beachten gibt.

Wir geben da keine Hustenbonbons, sondern starke und abhängig machende Medikamente.

Studiert den Beipackzettel, um vorbereitet zu sein, zur Not findet man den auch im Internet.

Mögliche Nebenwirkungen sind gerade zu Beginn eine Herausforderung und lassen zu Recht viele Besitzer an ihre Grenzen kommen und verzweifeln.

Mitunter werden die Tabletten aus diesem Grund dann einfach abgesetzt und das kann fatal enden.

In den meisten Fällen lassen die Nebenwirkungen nach einer gewissen Zeit nach und es kehrt wieder Normalität ein.

Es muss sich erst ein Wirkstoffspiegel im Blut aufbauen, wenn der steht, wird es besser!

- Gebt dem Medikament eine Chance, seine Wirksamkeit zu entfalten und eurem Hund Zeit, sich daran zu gewöhnen.
- Haltet euch genau an die Anweisungen eures Arztes, um den Aufbau des Spiegels zu ermöglichen!

Habt ihr ein Spiegelmedikament erhalten,

muss dieser in regelmäßigen Zeitabständen durch eine Blutabnahme kontrolliert werden. So kann man eventuelle Abfälle oder Schwankungen erkennen und gegebenenfalls die Tablettendosis anpassen. Auch gewisse Organwerte sollten bei diesen Kontrollen im Auge behalten werden, lasst euch von eurem Tierarzt gut beraten und die Blutergebnisse genau erklären. Man muss ein Blutbild immer als großes Ganzes sehen und die Auswertung Profis überlassen. Es gibt in Gruppen immer wieder Mitglieder, die sich anbieten, einen Blick auf das Blutbild zu werfen. Davon raten wir grundsätzlich ab. Auch wenn man sich einiges an „Wissen" angelesen hat, ist man noch lange kein Arzt! Heftet regelmäßig alle Ergebnisse in den weiter vorne beschriebenen Epi-Ordner und ihr seid bestens organisiert. Führt Bestandsaufnahmen der Medikamente durch, damit sie euch niemals plötzlich ausgehen und bestellt rechtzeitig nach. Hilfreich sind da einige Apps, ich habe die Braincheck.Pet App genutzt. Dort kann man alle Medikamente mit Einnahmezeiten und Bestand eingeben und wird erinnert, wenn es Zeit für Nachschub wird. Eine grüne Ampel für „Alles gut", eine gelbe für „langsam wird es Zeit" und bei rot ist Eile geboten. Super hilfreich für die Pilleninventur!

Trigger

Wenn es mal wieder gekracht hat, rattert es in unseren Köpfen und wir zermartern uns das Hirn nach dem „Warum".

Es gibt einige Dinge, die triggern können, aber nicht müssen. Das ist bei jedem Epifellchen anders und wird sich nur im Laufe der Zeit herauskristallisieren.

Zu den bekannten möglichen Triggern zählen folgende Dinge:

- Lichtblitze wie etwa flackernde Kerzen oder Lichterketten, TV oder Videospiele.
- Duftstoffe wie Duftkerzen, starke Wasch- oder Putzmittel, Parfüm, gewisse Ätherische Öle.
- Medikamente, die sich nicht mit den Antiepileptika vertragen
- Unverträglichkeiten
- Hitze
- Wetterwechsel
- Laute Geräusche
- Hormone
- Schlafmangel
- Stress positiv oder negativ
- Aufregung
- Veränderungen...

Ich habe mich auch zu Anfang immer gefragt, was ich falsch gemacht habe und warum es zum Anfall gekommen war.

Eine Antwort habe ich in den seltensten Fällen bekommen.

Sicher, man hat mal eine ausgespuckte Tablette gefunden oder etwas Falsches gefüttert.

Das habe ich dann im Anfallstagebuch notiert und konnte vielleicht insgesamt 3 aller Anfälle als solchen „Unfall" abhaken. Meist passierte es aber ohne erkennbaren Auslöser und ohne Erklärung. In der Gruppe sagen wir oft „Das Töpfchen war voll" und genau so habe ich im Laufe der Jahre gelernt, damit umzugehen. Es kommt, wie es kommt und meist hat man tatsächlich keinerlei Einfluss darauf. Wichtig ist, sich genau an den Therapieplan des Tierarztes zu halten. Damit steht und fällt der Erfolg! Wir hatten schon Mitglieder, die das Ganze zu locker nahmen, sich nicht an Tablettenzeiten hielten und gar nicht verstehen konnten, dass sich nichts veränderte. Epilepsie ist deutlich mehr als eine Tablette rein und gut!

Thema Ernährung
Das Thema Ernährung kommt in unserer Gruppe fast täglich auf und wir Admins stoppen es immer schnell und verweisen auf eine fachkundige Ernährungsberatung. Dabei stoßen wir oft auf Unverständnis, haben aber unsere Gründe dafür.

Die Ernährung spielt zweifelsfrei eine nicht unerhebliche Rolle bei unseren Epileptikern und gehört mit auf die To Do Liste, wenn die medikamentöse Einstellung erfolgt ist.

Man sollte immer nur an einer Schraube gleichzeitig drehen und nur einen Faktor nach dem anderen verändern.

Cool wäre es, wenn es ein Futter oder spezielle Nahrungsergänzungsmittel für alle Epileptiker gäbe, welches alle Bedürfnisse deckt,
für jeden verträglich ist, allen schmeckt,
nicht zu teuer ist und gleichzeitig noch das Anfallsgeschehen positiv beeinflusst...
Die schlechte Nachricht:
Das gibt es nicht und wird es niemals geben!
Wohl aber gibt es das optimale Futter für MEINEN Hund, das abgestimmt wird auf sein Alter, sein Gewicht, seine Blutwerte und so weiter.
Dieses Futter kann aber für DEINEN Hund grundverkehrt sein, weil er vielleicht statt Problemen mit der Leber schlechte Nierenwerte hat.
Deshalb macht die Frage "Was füttert ihr" leider nicht nur absolut keinen Sinn,
sondern es kann im blödesten Fall für eine Verschlechterung des Allgemeinzustandes sorgen und das will und braucht wohl keiner.
Deshalb weisen wir immer wieder darauf hin, die Ernährung eures Hundes zusammen mit eurem Tierarzt, einem Ernährungsmediziner oder einer versierten Ernährungsberatung zu optimieren, damit ein Schuh draus wird.
Wir wollen doch alle nur das Beste für unsere Hunde und eine Auflistung von hunderten Futtersorten bringt keinem etwas!

Tipps zur Tablettengabe

An dieser Stelle möchte ich euch ein paar in der Community gesammelten Tipps zum Überlisten der Tablettenverweigerer geben.

Wer kennt es nicht? Der Tablettenwecker klingelt und Hund hat nichts Besseres zu tun, als die benötigten Pillen entweder direkt zu verweigern, sie wieder auszuspucken oder fein säuberlich im Mäulchen nach "lecker" und "igitt" zu sortieren...

Rein müssen sie zwingend und das kostet gerade am frühen Morgen mitunter Nerven, wenn es mal so gar nicht klappen will.

Da muss man erfinderisch werden und sich durchsetzen, denn eigentlich haben doch WIR die Hosen an oder so...

Beachtet bitte bei allen Tipps die Verträglichkeit eures Hundes und auch seine jeweiligen Medikamente. Bei Kaliumbromid auf salzhaltige Helferlein verzichten bzw. nur Miniportionen nehmen!

Spielerisch und "mit Spaß" erreicht man erfahrungsgemäß mehr als unter Zwang!

Seid da kreativ und macht aus dem notwendigen Übel Quality Time für euch beide.

Ich fange direkt mal mit meinem Lieblingstipp an, dem Belohnungsplatz.

Wir hatten einen besonderen Platz eingerichtet, an dem es Belohnungen gab.

Nach dem Ohren säubern, Nase cremen,

Zecke entfernen oder auch abends für das Betthupferl ging es aufgeregt (beide aufgeregt, Timmy UND ich) zu diesem Platz.
Er machte dort Sitz und bekam etwas Schönes. Das klappte dann auch, wenn er mal keinen Bock auf seine Pillen hatte.
Sobald ich mit Feiergesicht in die Richtung ging und Belohnung sagte, kam er freudig angedüst und machte das Mäulchen auf.
Vorher wurden dann halt kurz die Ohren geputzt oder ähnliches, damit das Ganze seine Berechtigung hatte.
Schafft euch einen Special Place!

Schnüffelspiele
Zum Beispiel eine Spur Leckerlis legen und Tabletten dazwischen mogeln.
Abwechselnd Leckerli ohne Tablette, Leckerli mit Tablette usw. - immer in anderer Reihenfolge. Dabei aufpassen, dass alles drinbleibt!

Scheiblettenkäse
Kleine Streifchen zum Einwickeln der Pille - klebt schön und selbst Sortierprofis kommen dabei ins Schwitzen

Leberwurst
Ummantelt mit einer dünnen Leberwurstschicht funktioniert das bei vielen sehr gut. Hundeleberwurst hat weniger Salz und Fett und war bei uns trotz Kaliumbromid kein Problem.

Weiche Kaustange

Kleine Stückchen abbrechen, ein Loch hineinstechen (mit Chinastäbchen klappt das prima) und Tabletten darin festdrücken. **Makkaroni oder Kartoffelstückchen gekocht** eignen sich auch gut als Versteck.

Manche Mitglieder nutzen **Butter oder Quark.**

Tablettenversteck

Es gibt speziell geformte Leckerli oder Tabletteneingeber aus Kunststoff im Handel zu kaufen.

Wenn das alles nicht funktioniert, hilft leider nur „Gewalt". Ab in den Rachen und zum Schlucken anregen. Die Pillen müssen rein.

Bei uns gab es immer mal Phasen, in denen Timmy seine Pillen auf gar keinen Fall nehmen wollte. Das war bei ihm immer ein Zeichen dafür, dass es ihm schlecht ging und keine Bosheit.

Es ist wirklich eine Herausforderung und man ist dezent gestresst, gerade wenn man bereits auf dem Sprung zur Arbeit ist.

Ich hätte ihm dann ein frisches Steak anbieten können oder 1000 verbotene Dinge,
nein hieß nein, ich kann und will das jetzt nicht!

Trotzdem versuchte ich es in solchen Phasen immer zuerst auf die freundliche Tour mit all meinen Tricks, seinem gesamten Intelligenzspielzeug und diversen Überlistungsversuchen.

Letztendlich konnte ich dann die Pillen nur gnadenlos ins Mäulchen stopfen und hoffen, dass sie drinblieben.

Nicht ganz einfach bei seiner heraushängenden Zunge und Backentaschen, in die zur Not ein Wochenvorrat gepasst hätte.
Und immer mit schlechtem Gewissen, weil ich das tun musste.
Aber auch das tat ich für ihn, weil ich es musste!

Dauerhunger & Fressattacken

Gesteigerter Appetit gehört zu den häufigsten Nebenwirkungen eigentlich aller Antiepileptika. Unsere Hunde haben zeitweise nur Fressen im Kopf und werden kreativ, was die Beschaffung angeht.
Vom permanenten und lautstarken Betteln über dreiste Diebstähle bis hin zu wirklich ALLES fressen wollen und dies auch tun haben wir alles schon erlebt.
Mülleimer oder Schränke ausräumen, auf Tische oder Schränke klettern, Kleidungsstücke verschlingen, Möbel anknabbern, die eigenen oder fremde Hinterlassenschaften verschlingen…
Das ist nicht nur nervig und anstrengend, sondern es kann auch wirklich gefährlich werden.
Wir hatten schon mehrfach Fälle, in denen Tabletten von scheinbar unerreichbaren Stellen geklaut und gefressen wurden.
In dem Fall heißt es dann so schnell wie möglich zum Arzt und Gegenmaßnahmen ergreifen.

Aber was können wir tun, um unseren Hunden und uns diese Phase zu erleichtern? Oftmals ist es tatsächlich nur eine vorübergehende Phase während des Spiegelaufbaus und es wird danach zumindest erträglicher.

Man kann nicht alles zu 100 % sichern, das ist klar, aber dennoch einige Dinge beachten:

- Nichts Essbares herumliegen lassen
- Medikamente in unerreichbaren Schränken lagern
- Mülleimer in Sicherheit bringen
- Herd und Backofen absichern
- Draußen unter Beobachtung sein
- Durchgreifen, auch wenn man Mitleid hat

Unsere Epis sind schlau und gewöhnen sich das Betteln schnell dauerhaft an, wenn es erfolgreich verläuft.

Einige Besitzer haben ein Schloss an Kühlschrank oder Schränken angebracht, andere die Mülleimer wie einen Hochsicherheitstrakt verschlossen.

Wir hatten schon Hunde, die sich ein ganzes Blech Kuchen schmecken ließen, solche, die komplett bemehlt wie ein Geist in der Küche standen oder den BH ihres Frauchens verputzt haben.

Wir hatten auch eine Phase, in der Timmy unstillbaren Hunger hatte.

Da das auch Stress pur für ihn war, haben wir einiges zum Magen füllen probiert.

Futterzellulose (in Absprache mit dem Tierarzt),

viel Gemüse zum Futter, um die Portion kalorienarm zu vergrößern und das Futter in 3 Portionen aufgeteilt.
Ablenkung hat auch immer etwas geholfen. Und standhaft bleiben, damit Hund sich das Betteln nicht dauerhaft angewöhnt!
Als der Spiegel stand, war bei uns der Spuk vorbei.
Sollte es nicht besser werden, macht auch hier eine versierte Ernährungsberatung Sinn.

Das Epifell allein lassen
Große Sorgen bereitet uns Besitzern auch das Alleinlassen. Ich bin zwar in Teil 1 schon kurz darauf eingegangen, möchte das Thema aber hier noch einmal aufgreifen.
Kaum jemand bekommt eine 24 Stunden Betreuung organisiert.
Einkäufe, Arztbesuche, Familienleben und Arbeit gehören zum Alltag und da kann Hund nicht immer mit.
Unser Sozialleben darf nicht zu kurz kommen! Was aber tun, um die Zeit des Alleinseins möglichst gefahrlos zu gestalten?
Hier ein paar Tipps, vielleicht ist etwas für euch dabei:

- Umgebung absichern. Treppengitter anschaffen, scharfe Ecken abkleben, Zugang zu Lebensmitteln versperren, eventuell von anderen Tieren räumlich trennen.
- Hundesitter beauftragen.

Vielleicht habt ihr die Möglichkeit, jemanden aus dem Familien- oder Freundeskreis einzubinden. Ansonsten in örtlichen Helferbörsen nachfragen.

- Kameras anschaffen. Einige Mitglieder haben Kameras installiert, um von unterwegs schauen zu können, ob alles in Ordnung ist. Eine gute Sache, die aber in meinen Augen nur Sinn macht, wenn man im Bedarfsfall auch direkt nach Hause kann. Also vorher am besten in sich gehen und mit dem Umfeld abklären, was im Falle eines Krampfanfalles passieren soll/kann.

Können wir unseren Arbeitsplatz spontan verlassen?

Kann ich schnell genug zuhause sein, um effektiv einzugreifen?

Kann vielleicht jemand aus der Nachbarschaft einspringen?

Man möchte absolute Kontrolle und muss abwägen, ob der Einsatz von Kameras beruhigt oder noch mehr verrückt macht.

Da gehen die Meinungen auseinander und jeder muss das für sich entscheiden.

Mich hätte es zum Beispiel wahnsinnig gemacht, wenn ich einen Anfall gesehen hätte, aber nicht direkt zu Timmy hätte eilen können.

Auch die Fahrt nach Hause ist aufgewühlt und voller Sorge ein gewisses Risiko in meinen Augen. Aber wie gesagt, denkt darüber nach,

lasst es sacken und sprecht mit eurer Familie darüber,
das Leben muss weitergehen!

Die Zeitumstellung Sommer- und Winterzeit
Alle Jahre wieder ein großes Fragezeichen und ein Thema, welches regelmäßig für Verwirrung sorgt.
Die Antiepileptika müssen möglichst pünktlich gegeben werden, aber die Uhren werden umgestellt. Was nun?
Einige Hunde reagieren bei einer Verschiebung der Einnahmezeiten schnell, anderen wiederum machen 30 oder mehr Minuten nichts aus.
Also wie bei allem anderen auch:
Eine sehr individuelle Sache, die jeder für sich selbst herausfinden und entscheiden muss.

Bewährt hat sich bei vielen folgendes System:

Winterzeit
Die Uhren werden eine Stunde **ZURÜCK** gestellt
Jetzige Tablettengabe: 8 Uhr/20 Uhr
Man gibt mittwochs noch zur gewohnten Zeit, danach wird langsam etwas verschoben.

Daraus ergibt sich dann folgendes:
MI 8.00 / 20.00
DO 8.15 / 20.15
FR 8.30 /20.30
SA 8.45 / 20.45
SO 8.00 / 20.00
Aufgrund der Zeitumstellung seid ihr am
Sonntag wieder bei eurer gewohnten Zeit.
Oder man stellt nichts um und gibt dann statt
um 8/20 Uhr um 7/19 Uhr, um im 12
Stunden-Takt zu bleiben.

Sommerzeit
Die Uhren werden eine Stunde **VOR** gestellt
Jetzige Tablettengabe: 8 Uhr/20 Uhr
Man gibt mittwochs noch zur gewohnten Zeit,
danach wird langsam verschoben.
MI 8.00 / 20.00
DO 7.45 / 19.45
FR 7.30 / 19.30
SA 7.15 / 19.15
SO 8.00 / 20.00
Aufgrund der Zeitumstellung sonntags wieder
die gewohnte Zeit.
Oder man stellt nichts um und gibt dann statt
um 8/20 Uhr um 9/21 Uhr, um im 12
Stunden-Takt zu bleiben.

WICHTIG! Das ist nur ein Beispiel, jeder Hund
reagiert anders. Man kann die Intervalle auch
verkürzen, z.B. im 5 Minutentakt verschieben
und entsprechend früher damit anfangen.

Solltet ihr nicht umstellen wollen, bedenkt dabei, dass die meisten von uns sich ihre Zeiten bewusst ausgesucht haben, um das im Alltag bewerkstelligt zu bekommen. Passen die neuen Zeiten zum Alltag?

Auch hier gilt: Gedanken machen unbedingt, aber sich auch nicht komplett verrückt machen! Hängt euch einen Plan gut sichtbar für alle auf.

Hitzetipps

Sommer ist toll, aber wenn es zu heiß wird, leiden unsere Epifellchen immer noch ein wenig mehr als alle anderen.
Bestimmte Dinge sollten zwar klar sein, aber hier auch noch einmal der Vollständigkeit halber:

- Den Hund niemals auch nur für wenige Minuten im Auto allein lassen!
- Den Hund niemals mit nassem Handtuch abdecken, Hitzestau!
- Gassirunden früh morgens und spät abends!
- Nicht auf heißem Asphalt laufen lassen - Selbsttest mit Handrücken gibt Klarheit!
- Immer frisches Wasser zur Verfügung stellen!
- Medikamente und Notfallmedikamente kühl lagern und die Hinweise der Hersteller beachten!
- Hunde kühlen von unten über ihre Pfoten und durch Hecheln ab

Hier ein paar Tipps, um unseren Hunden und damit auch uns das Leben etwas zu erleichtern.

- Kühlmatten

Gibt es bei verschiedenen Anbietern. Sie werden von vielen Hunden oft und gern genutzt. Vorteil: Anders bei Kühlwesten & Co kann Hund selbst entscheiden, ob und wie lange er sie nutzt! Wir hatten mehrere davon im Haus verteilt und Timmy lag immer gerne darauf.

Am liebsten mochte er eine mit pinkfarbenen Flamingos, die jetzt in seiner Schatzkiste liegt.

- Hundepool

Was gibt es schöneres, als immer mal wieder in den eigenen Pool zu hüpfen und sich abzukühlen?

Wir haben jedes Jahr ein kleines Schlauchboot und ein Planschbecken genutzt und Timmy hat beides geliebt. Bei großer Hitze stand er oft einfach nur darin herum oder tauchte glücklich nach Gurkenstückchen.

Dieses nasse Gesichtchen wird uns in diesem Sommer so sehr fehlen!

Bitte regelmäßig das Wasser wechseln, damit sich keine Bakterien und Algen bilden.

- Hundeeis

Selbstgemacht aus erlaubten Zutaten.

Etwas Quark oder Hüttenkäse mit Wasser verdünnt und mit Obststückchen aufgepimpt wird gern angenommen und kühlt von innen.

Bitte kein Menscheneis füttern, normales hat zu viel Zucker und Diäteis enthält für Hunde giftigen Süßstoff!

Timmy kannte seine Silikon-Eisform ganz genau und ist immer vor Freude ausgeflippt, wenn wir damit ankamen.

- Melone

Erfrischt und schmeckt fast jedem Hund. Kurz in die Gefriertruhe legen gibt extra Pfiff bei Hitze.

Bei hellen Hunden sieht das Fell rund um die Schnute nach dem Verzehr etwas gruselig aus, aber das lässt sich gut auswaschen. Hauptsache es schmeckt und sorgt für Erfrischung!

- Salatgurke

Bei uns in Stifte geschnitten ein begehrtes Tauchobjekt im Hundepool!

- Vorm Schlafen abkühlen

Vorm Schlafengehen noch einmal fix in den Pool oder über die feuchte Wiese rollen hält lange kühl und sorgt für ein erfrischtes Einschlafen.

Urlaub

Auch hier ist gute Vorbereitung wichtig, damit die Auszeit möglichst entspannt für alle werden kann. Folgendes sollte bedacht werden:

- Tierärzte und Kliniken vor Ort heraussuchen, vielleicht sogar schon einmal kontaktieren und euren Fall schildern. Bei längeren Routen eventuell auch für unterwegs Anlaufstellen ausfindig machen.
- Genügend Futter und Ergänzungsmittel besorgen und mitnehmen

- Ausreichend Medikamente dabeihaben! Ärzte, bei denen wir nicht in Behandlung sind, dürfen Medikamente natürlich nicht einfach herausgeben. Ruhig etwas mehr als benötigt dabeihaben, falls etwas unvorhergesehenes wie Erbrechen passiert.
- Notfallmedikamente Dabei bei Auslandsreisen erfragen, was in welcher Menge problemlos eingeführt werden darf.
- Anfallstagebuch und Epi-Ordner mit aktuellen Untersuchungsergebnissen.
- Evtl. wasserfeste Unterlagen, um Möbel der Unterkunft zu schützen. Wir hatten immer wasserfeste Spannbettlaken dabei, so war alles gut geschützt.
- Gewohnten Schlafplatz (Lieblingsdecke etc.) um Stress zu minimieren.
- Impfungen und Parasitenschutz je nach Reiseziel rechtzeitig mit dem Tierarzt abklären.
- Bestimmte Gegebenheiten wie zum Beispiel salzhaltige Gewässer/Luft bei Kaliumbromidpatienten beachten und mit dem Tierarzt rechtzeitig das Vorgehen planen.
- **Den Urlaub und die Zeit zusammen genießen und die Sorgen zuhause lassen!**

Silvester

Alle Jahre wieder ein Dauerbrenner in unserer Gruppe.
Während der eine Hund ruhig auf der Couch liegt und chillt, hat der andere panische Angst bei jedem Zischen oder Knallen.
Bei einem Epileptiker haben die Besitzer dann verständlicherweise große Angst vor einem Anfall. Aber was tun?

- Notfallmedikamente im Haus und griffbereit haben.
- Normalität gleich Sicherheit:

Den Tagesablauf ganz normal gestalten, gewohnte Futter- und Gassizeiten, alles so wie immer machen.
Wenn schon frühzeitig geballert wird, die Runden aufs Lösen beschränken.

- Die Tage vor und nach Silvester die Fellnasen sicherheitshalber draußen an der Leine führen, bei Angsthunden ggf. doppelt sichern!
- Für den Hund da sein.

Biete deiner Fellnase Zuwendung, wenn sie sie braucht und verlangt.
Lass ihn auch seine Zufluchtsorte aufsuchen, in denen er sich sicher fühlt!

- Klassische Musik soll beruhigend wirken.
- Ablenkung.

Gib deinem Hund eine Aufgabe!
Biete ihm beispielsweise frühzeitig einen Kauartikel oder einen gefüllten Kong an.
Mache Such- und Schnüffelspiele mit ihm, alles, was ihm und euch Spaß macht.

Zu später Stunde kurz vor Mitternacht:

- Raum abdunkeln, Rollos oder Jalousien schließen.
- Fernseher oder Musik bieten dem Hund eine gewohnte Geräuschkulisse und können die Geräusche von außen etwas abschwächen.
- Leckerlis bereithalten.
- Gassigänge nun vermeiden und rechtzeitig vor Beginn des großen Feuerwerks noch einmal lösen lassen.

Wenn gar nichts mehr geht, setzen sich viele ins Auto und fahren auf der Autobahn umher oder verbringen die Silvesternacht an Flughäfen oder in abgelegenen Hotels.
Wir haben schon viele positive Erfahrungsberichte zu Flughäfen bekommen, das scheint wirklich eine gute Sache zu sein und dort ist in der Silvesternacht richtig was los!
Informiert euch mal dazu und schaut euch Fotos im Netz an.
Ich glaube, das wäre meine erste Wahl gewesen, aber Timmy war zum Glück tiefenentspannt trotz Knallerei.
Wenn gar nichts hilft, sprecht mit eurem Tierarzt über den Einsatz von leichten Beruhigungsmitteln.
Macht euch rechtzeitig Gedanken, was für euch sinnvoll und umsetzbar ist und wartet damit nicht bis zur letzten Minute.

Silvester kommt nicht plötzlich und unangekündigt und gut vorbereitet ist halb gut ins neue Jahr gerutscht!
Bei uns hat sich singen vor vielen Jahren schon als sehr wirksam herausgestellt!
Bei jedem Knaller vor Silvester habe ich laut (und falsch) angefangen zu singen, wenn Timmy aufgeschreckt ist.
Es hat wirklich nicht lange gedauert, bis er Knaller (doof) mit meinem Gesang (1000x schlimmer!) in Verbindung gebracht hat und ihm Knaller total egal waren, solange ich bloß nicht wieder anfing zu singen!
Versuch ist es wert, vorausgesetzt ihr singt genauso schlecht wie ich.
Nein ohne Spaß, wir haben nie ein großes Trara um Silvester gemacht.
Alles fast wie immer, normaler Tagesablauf mit kurzen, angeleinten Runden, solange es hell war.
Bei Knallgeräuschen unterwegs hat Timmy zwar geguckt, aber mehr auch nicht.
Zuhause dann Musik oder TV an, damit eine gewisse gewohnte Geräuschkulisse vorhanden war.
Wir haben die Jalousien heruntergelassen, um ihm die Lichtblitze zu ersparen.
Meistens hat unser Timmybär Mitternacht einfach nur verpennt.
Wenn er doch mal wach war, reichte ihm unsere Anwesenheit und ein kleiner Mitternachtssnack, alles andere hat ihn nicht interessiert.

Mir ist bewusst, dass wir da großes Glück
hatten und es Hunde gibt, die vor lauter Panik
durchdrehen.
Da kann ich nur empfehlen, das Ganze so früh
wie möglich anzugehen und für alle vertretbare
Lösungen zu suchen.

Mehrhundehaltung

Auch ein häufiges Thema, welches individuell
zu handhaben ist.
Nach einem Anfall sind einige Hunde
desorientiert oder sogar aggressiv und
Mehrhundehalter fragen sich, wie sie alle
beteiligten Tiere schützen können.
Das kommt auf den Einzelfall an,
es gibt da sehr unterschiedliche
Erfahrungsberichte.
Manche Besitzer müssen sich und ihre weiteren
Tiere direkt in Sicherheit bringen, andere lassen
die anderen haarigen Familienmitglieder
bewusst in der Nähe, weil es ihrem Epifellchen
guttut.
Manche Zweithunde legen sich schützend dazu
oder zeigen bevorstehende Anfälle sogar an.
Es gab aber auch schon Fälle, in denen der
Epileptiker einen Zweithund angegriffen hat
oder während eines Anfalles angegriffen wurde.
Sicherheit geht immer vor und beim leisesten
Zweifel empfiehlt es sich, die Tiere bei
Abwesenheit zu trennen.
Letztendlich seid ihr mitten im Geschehen
und nur ihr könnt entscheiden,
was am besten zu tun ist.

In Watte packen?

Wir haben Angst, unseren Hund zu überfordern, dadurch Anfälle zu verursachen und würden ihn am liebsten in Watte packen.
Darf mein Hund noch Spaß haben, mit Hundekumpels toben oder Sport treiben?
Klares JA!
Er will leben und wir auch!
Ganz wichtiger Punkt, euch WIR müssen ein halbwegs normales Leben führen können und nicht grundsätzlich auf alles verzichten.
Es ist alles erlaubt, was Spaß macht und nicht nachweislich für Anfälle sorgt.
Im Normalfall zeigen uns unsere Hunde sehr deutlich, was gerade geht und was nicht.
Wenn sie einen schlechten Tag haben und lustlos sind, sollten wir ihnen diese Auszeit gönnen, wenn sie aber voller Power vor uns stehen, spricht nichts gegen die gewohnten Aktivitäten.
Ihr kennt euren Liebling und könnt in ihm wie in einem Buch lesen, lasst ihn Hund sein!
Negativer Stress wegen Unterforderung kann ebenfalls einen Anfall auslösen und in Watte packen erfüllt keinen der Beteiligten.
Wir haben es an einem Anfallstag immer etwas ruhiger angehen lassen und dann nur kurze Spaziergänge gemacht.
Dabei durfte er das Tempo bestimmen und hat uns klar gezeigt, wenn er nicht mehr konnte.
Schaut, wie euer Hund tickt, was ihm guttut.

Und entscheidet dann, was und wie viel genau ihr ihm zumuten könnt.

Sich selbst nicht vergessen
Wir stehen oft unter Dauerstress, um alles zu organisieren und unter einen Hut zu bekommen.
Dabei kommt eines nur zu oft zu kurz: WIR!
Gönnt euch kurze Auszeiten, wenn es mal zu viel wird.
Keinem ist geholfen, wenn ihr eines Tages zusammenbrecht und nicht mehr könnt, körperlich und seelisch.
Ihr leistet unglaublich viel und könnt sehr stolz auf euch sein, aber irgendwann muss auch euer Akku geladen werden und ihr braucht kleine Auszeiten nur für euch.
Macht ohne schlechtes Gewissen etwas für EUCH, was euch guttut!
Das kann ein Kaffee oder Tee mit der besten Freundin sein oder ein Spaziergang allein,
ein paar tiefe Atemzüge am offenen Fenster,
ein paar Folgen der Lieblingsserie,
ein Entspannungsbad, mit Lieblingscreme eincremen und den Geruch „einsaugen",
eine Massage, Musik hören, ins Kino gehen,
etwas lesen, Handarbeit oder Sport…
Schreibt euch eine Liste mit Dingen, die euch glücklich machen und zur Ruhe kommen lassen.
Wenn das nicht mehr ausreicht und man am Limit ist, ist das keine Schande!

Aber dann lasst euch helfen und sucht euch professionelle therapeutische Hilfe und/oder Selbsthilfegruppen.
Ein Stück weit können wir Mitglieder mit unserer Gruppe auffangen,
durch Zuhören, Verständnis, Empathie, Unterstützung und dem „Nicht allein damit sein" – bei Anzeichen einer Depression sollte man sich aber nicht scheuen, psychologische Betreuung zu suchen.
Das zeugt nicht von Schwäche, sondern von Stärke!
Ihr könnt nur weiter so viel leisten, wenn es euch selbst gut geht.
Seid stolz auf euch, ihr macht das super und leistet enorm viel!

Gute Zeiten Tagebuch
Neben dem Anfallstagebuch führt ruhig auch eines, im dem ihr besonders schöne Erlebnisse oder besonders gute Tage notiert.
Darin könnt ihr blättern, wenn wieder einmal alles grau und hoffnungslos erscheint.
Ihr werdet feststellen, dass es viel mehr gute als schlimme Tage gibt und könnt Kraft und Mut schöpfen.
Klebt Fotos ein, werdet kreativ und baut euch eure eigene kleine „Tankstelle".
Ein schöner Ausflug oder Spaziergang, Urlaubserinnerungen,
ein fröhlich spielender Hund, Matschbilder, gute Untersuchungsergebnisse, Treffen mit Hundekumpels, Herumtollen im Schnee...

Alles, was euch ein Lächeln ins Gesicht gezaubert hat und die Epilepsie kurz vergessen ließ.
Kleiner Aufwand mit großer Wirkung!

Teamwork
Ein gut eingespieltes Betreuungsteam erleichtert das Leben mit einem Epihund ungemein.
Zuhause
- Beaufsichtigung
- Fütterung
- Beschäftigung
- Tablettengabe
- Ablauf nach Anfällen

Wir waren innerhalb der Familie ein Dreamteam. Jeder wusste, wann es welche Tabletten gab, wie das Futter zubereitet wurde und welche Pülverchen wann hinzugefügt werden mussten.
Bei und nach einem Anfall
(welche bei uns fast ausschließlich nachts oder in den frühen Morgenstunden passierten) ging alles Hand in Hand.
Einer blieb in Timmys Nähe,
der andere legte Notfallmedikamente bereit und holte Handtücher zum Abpolstern oder Aufwischen.
Wenn er wieder zu sich kam, waren wir einfach da, ohne ihn zu bedrängen oder auf ihn einzureden.
Er brauchte immer eine gewisse Zeit, um wieder zu sich zu kommen und wackelnd aufzustehen.

Meist ging dann mein Mann mit ihm in den abgesicherten Garten zum Lösen und ersten Zwangswandern.
Ich habe währenddessen die Anfallsspuren beseitigt und einen kleinen Snack für Timmy vorbereitet.
Er hatte immer einen riesigen Hunger und wäre niemals ohne etwas Futter zur Ruhe gekommen. Die Meinungen dazu gehen auseinander, aber so war es für uns perfekt. Danach blieb einer von uns bei ihm und wartete, bis er zur Ruhe kam.
Das funktioniert irgendwann ohne Worte, man wächst mit der Aufgabe und wickelt alles automatisch ab.
Solltet ihr allein sein, verfallt nicht in Hektik, sondern wickelt alles ruhig und Schritt für Schritt ab.
Beim Arzt
- Kontrolltermine beim Hausarzt
- Besprechung mit dem Facharzt
- Einhalten der Anweisungen
Auch hier ist Teamwork der Schlüssel zum Erfolg und so wird ein Schuh daraus!
Aus vielen kleinen Puzzleteilchen kann mit Geduld und Konsequenz ein vollständiges Bild werden.

Teil 3
You were my favorite hello
and my hardest goodbye!
(Quote by Ceclia Ahern)

Das ist Fakt!

Uns war bewusst, dass der Abschied schwer
werden würde,
aber dass er uns so sehr aus der Bahn wirft...
Timmybär, du fehlst überall!
„Ohne dich ist alles doof" begleitet uns jede
Sekunde, jede Minute und jede Stunde!
Morgens beim Aufstehen liegt da kein
verschlafener Mops,
dem man irgendwie die ersten Tabletten ins
Mäulchen stecken muss.
Es kommt niemand angeschlurft und guckt uns
mit großen Augen und „ich müsste dann jetzt
mal raus" im Blick an.
Niemand läuft durch den Garten auf der Suche
nach dem perfekten Busch oder Grashalm,
niemand fordert lautstark sein Futter ein.
Keiner rollt über die Wiese und feiert die ersten
warmen Sonnenstrahlen.
Die Frühlingssonne killt uns gerade, weil du sie
so sehr geliebt hast.
Ob wir die jemals wieder genießen können ohne
fetten Kloß im Hals?
Ich darf gar nicht an die Poolzeit denken,
bald wäre Zeit zum Anbaden für dich.

Niemand schnarcht mittags friedlich und
verlangt danach seinen Turbokeks.
Niemand muss um Punkt 17 Uhr gefüttert
werden und wartet abends auf seine Pillen
und seinen Turbobrei.
Niemand hüpft ins Bett und nimmt plötzlich die
Maße einer Dogge an.
Niemand guckt uns mitten in der Nacht wach,
wenn die Blase drückt.
Wir sind wieder freier, müssen nicht mehr so
extrem nach der Uhr leben und alles so
organisieren, dass es für dich passt.
Wir müssen nicht mehr mit Anfällen rechnen,
den Tablettenvorrat im Auge im Auge behalten
und deine TÜV- Termine planen,
würden aber trotzdem gerne die Zeit
zurückdrehen und all das noch jahrelang in
Kauf nehmen.
Denn ohne dich ist alles doof!
Wir haben dir eine schöne letzte Ruhestätte in
deiner Motzecke eingerichtet.
Da hast du immer gesessen und dein Recht
eingefordert.
Ein Regal mit deiner Urne und einigen
Erinnerungsstücken an der Wand im
Wohnzimmer.
Sogar eine gefüllte Tablettenbox habe ich
dazugestellt. Die gehörte so sehr zu unserem
Alltag, dass sie bleiben muss.
Dein Pfotenabdruck ziert diverse Kissen
und es gibt eine Schatzkiste mit Dingen,
von denen wir uns auf keinen Fall trennen
können.

Über einige deiner Spielsachen freut sich Dario, besonders deine Lieblingsbälle mag er sehr.
Vieles haben wir dem Tierheim gespendet, das wäre in deinem Sinne gewesen.
Der Zuspruch deiner Community war und ist unglaublich bewegend und hat uns wahnsinnig geholfen und gutgetan.
Uns erreichten unfassbar viele liebe Worte und Gesten, vielen Dank dafür an Timmys Follower und Followerinnen.
Als Abschluss möchte ich hier einige besonders herzliche Kommentare aus Timmys Accounts und seinem Rosengarten-Kondolenzbuch festhalten.
Für uns, für ihn und vielleicht auch ein Stückchen für euch.
Epilepsie ist Mist, aber als Gemeinschaft wächst man zusammen und das ist Gold wert!

Mein geliebter "Onkel Heidi",
danke für jeden Moment den ich mit dir verbringen durfte. Du hast mich vom ersten Tag an geliebt, selbst als ich noch gar nicht auf der Welt war. Wunderbare 477 Tage durften wir seit meiner Geburt zusammen erleben und ich werde dich niemals vergessen.
Du hast mir so viel beigebracht und gelehrt - Danke für alles!!!
Ich vermisse dich und werde deine Spielsachen in Ehren halten.
Versprochen. In ewiger Liebe, dein kleiner Dario.

Mein Herz blutet, diese Zeilen zu lesen, dennoch erfreut es mich zu wissen, dass Timmy trotz der schweren Erkrankung der Epilepsie ein tolles Leben in einer von Liebe erfüllten Familie hatte und es ihm nie an etwas fehlte, und ich durfte als Tierarzt so gut es geht mitwirken. Danke für das Vertrauen in mich von Herzen. Ich bin stolz, dass ihr mich ausgewählt habt und wir gemeinsam Timmy trotz der ernsten Erkrankung ein hohes Lebensalter mit stetiger Qualität in einer Familie voller Liebe ermöglichen konnten. Run free my little paw friend! Ich werde so viele Momente, Bilder und gemeinsame Kämpfe nie vergessen. Viele schaffen es zum Glück, den Verlust etwas zu mildern und mir ein Lächeln aufs Gesicht zu zaubern. Am liebsten denke ich an deine Ohren, wie diese im Wind schlackern und du dich auf dein Leckerli freust.

Niemals vergessen, bestärkst du das gesamte BrainCheck.Pet Team in der Mission, Tieren mit Anfallserkrankungen zu helfen und für das beste Leben zu kämpfen.

Gebt niemals auf, baut euch euer Team für euer Familienmitglied auf und tankt aber auch Kraft, passt auf euch auf - Gemeinsam sind wir stark!

Vielen Dank Timmy, dass wir an Deinem Leben teilhaben durften! Obwohl ich Euch erst kurz kenne (leider nicht persönlich) habe ich um Dich geweint. Ich umarme Euch ganz fest und wünsche Euch ganz viel Kraft.

Lieber Timmybär, du und deine Muddi waren uns eine große Stütze im Kampf gegen die Epilepsie. Ich werde dich nie vergessen ... Nun lauf geschwind und gib meinem Fränkyboy einen dicken Kuß.

Komm gut über die Regenbogenbrücke, lieber Timmy! Euch allen ein von Herzen kommendes Dankeschön für Eure Liebe, Eure Wärme und Eure Hilfe. Ich wünsche Euch viel Kraft und unendlich viele wunderschöne Erinnerungen.

Timmy Du warst für viele ein großes Vorbild. Wir werden dich vermissen. Jetzt bist Du ein heller Stern am Himmel.

Timmy deine Geschichten werden fehlen. Du hast mir immer Hoffnung gemacht, als mein Eddy mit dieser Krankheit geplagt wurde. Nun bist auch du ein Sternchen und bist über die Regenbogenbrücke gegangen. Dein Frauchen wird dich sehr vermissen. Ihr und deiner Familie wünsche ich viel Kraft in dieser traurigen Zeit.

Ruhe in Frieden, lieber süßer kleiner Kämpfer, Timmy. Du wirst immer im Herzen Deiner Familie sein. Nun hast Du keine Schmerzen mehr. Mach's gut!

Du hast uns Mut gemacht! Jetzt kannst du zusammen mit Curly im Regenbogenhimmel alles

*auf links krempeln und über eure Menschen
wachen.*

Lieber Timmy,
Komm gut über die Brücke!
*Danke für all Dein Dasein, Danke an Deine
wundervollen Menschen, die Dich über alles
lieben und dass Sie uns mit Ihrem und Deinem
Buch ein bisschen die Angst nehmen konnten,
mit dieser Krankheit klarzukommen!*
*Ich bin Rolex und mein letztes Gewitter war vor
2 Tagen.*
*Ich bin 14 1/2 und wahrscheinlich toben wir
bald gemeinsam oben in den Wolken.*

Lieber Timmy,
*Wir sind sehr traurig, dass Du Deine Familie so
plötzlich verlassen musstest.*
*Wir und viele Epihundbesitzer sind Dir so
dankbar, dass Du und Deine Mama uns die
Angst erleichtert habt und wir durch Dich das
Leben mit unseren Hunden ein wenig mehr
genießen konnten.*
*Da, wo Du jetzt bist, gibt es keine Hexe und
keine Schmerzen mehr.*
Du wirst für ewig mein Held sein.
Mach's gut, Timmy.

Lieber Timmy,
*dein Abschied hat mich tief getroffen. Ein ganz
Großer tritt ab.*
Für uns warst du stets ein Hoffnungsträger,

als bei Cairo die Epilepsie so hart zugeschlagen hat. In den dunkelsten Momenten dachte ich mir immer: wenn der Timmy das schafft, dann schaffen wir es auch.
Du hast uns viel Trost in harten Zeiten gespendet und uns mit deiner Lebensfreude aufgemuntert und der Epihexe dabei tapfer die Stirn geboten. Du hinterlässt eine ganz große Lücke bei allen, die dich kannten, virtuell oder im echten Leben. Du warst immer unser Fels in der Brandung. Mach' s gut, Timmy. Wir werden dich sehr vermissen.

Liebes Timmy-Bärchen,
obwohl ich dich nie persönlich kennenlernen durfte, spürte ich einen großen Verlust, als ich von deinem Weggang las.
Dein Tod hat mich tief berührt.
Du und deine Mama, ihr habt mir am Anfang so viel Mut gespendet, als es uns auch traf.
Aber ihr habt mir auch so oft Freude bereitet und ein Lachen ins Gesicht gezaubert, wenn ich deine Fotos und Videos anschaute und jedes Mal dabei das Bedürfnis hatte, dich zu knuddeln.
Du wirst nicht nur deiner Familie fehlen, sondern auch deinen vielen Anhängern, die dich immer bewundert und geliebt haben für deinen Kampf gegen die schreckliche Krankheit, die euer Leben schlagartig veränderte.
Ich möchte dir ein letztes Dankeschön sagen für alles, was du uns gegeben hast und dich wissen lassen, dass ich dich niemals vergessen werde.
Lebewohl, kleiner Sonnenschein.

Lieber Timmy! Du warst so ein tapferer kleiner Kerl! Du bleibst immer unvergessen!

Lieber Timmy, was war passiert?
Plötzlich, für mich undenkbar, warst du auf einmal fort...
Du warst immer ein Hoffnungsträger für uns. Whisky hatte ja selber Epilepsie wie du dich vielleicht erinnern kannst. Danke dir für die vielen Jahre, die wir dich begleiten durften. Jetzt kannst du frei sein ohne Sorgen und Schmerzen. Grüße mir meinen Whisky und viel Spaß mit ihm auf der Hundewiese. Eines Tages sehen wir uns wieder.

Liebe Gaby, ich teile deinen Schmerz. Dein Timmy hat aber jetzt keine Schmerzen mehr und rollt bestimmt mit vielen seiner Freunde, die ihn empfangen haben, herum und wäre sicher glücklich, wenn dieser Gedanke dir ein wenig über den Verlust helfen würde. Denk an ihn und an die vielen schönen Momente, die ihr hattet, mit einem Lächeln. Deine Liebe hat ihn getragen bis zum Schluss.

Mit tiefer Trauer haben wir erfahren, dass unser geliebter Freund Timmy seine letzte Reise angetreten und seine Flügel bekommen hat. Bitte zündet eine Kerze für ihn, dass er den Weg über den Regenbogen hell erleuchtet findet. Unser tiefstes Beileid.

Lieber Timmy, du kleiner Kämpfer hattest es nicht leicht. Jetzt ist das Gewitter in deinem Kopf vorbei und du bist frei.
Deiner Familie wünsche ich viel Kraft. Die erste Zeit wird schwer, aber irgendwann lässt der Schmerz nach. Wenn die Tränen getrocknet sind, entsteht Platz für die wundervollen Erinnerungen, die ihr gemeinsam teilt. Grüße meine Kitty.

Timmy du warst für uns ein Mutmacher und einfach ein lebendes Beispiel, dass man mit schwerer Epilepsie ein tolles Hundeleben führen kann. Du bleibst in unseren Gedanken lieber Timmy und wir vermissen dich sehr.

Liebe Familie von Timmy, das war ein ganz besonderer Hund. Und wir alle werden ihn vermissen. Euch wünsche ich viel Kraft bei der Bewältigung dieser schweren Zeit.

Timmy, du unglaublicher Kämpfer, Mutmacher, Verkleidungskünstler...
überall sind Spuren deines Lebens.
Du hast nicht nur deiner Familie ein Lächeln ins Gesicht gezaubert, nein, du hast viele Menschen zum Lächeln gebracht.
Du hast jetzt den Raum gewechselt und bist bei all unseren Fellnasen.
Aber hier fehlst du...jeden Tag...jede Stunde...jede Minute.

Mein Lieblingsmops,
Worte können nicht beschreiben, wie sehr du
fehlst und immer fehlen wirst.
Unermüdlich hast du gekämpft, Seite an Seite
mit deiner Mama, die alles gegeben hat,
um dir ein schönes und lebenswertes Leben
zu ermöglichen.
Ich bin froh und dankbar, dass ich dich so oft
begleiten durfte, Teil deiner Geschichte sein
konnte.
Run free kleiner Held. In unseren Herzen wirst
du ewig leben.

Lieber kleiner Timmy,
Du und Deine Mama haben Easy und mich so
viele Jahre auf FB begleitet. Wenn es Dir lange
gut ging, haben wir uns immer mit Euch gefreut.
Es gibt wenig Tröstendes, außer, dass Du geliebt
wurdest und unvergessen bleibst.

Und obwohl wir dich nicht persönlich kannten,
warst du stets Teil unseres Lebens.
Du bist der coolste Mops der Welt und wirst für
uns immer unvergessen bleiben.

Lieber süßer Timmy, Tränen sind geflossen,
aber für dich ist es eine Reise in ein schönes
Land ohne die doofe Epilepsie.
Liebe Eltern von Timmy ich sende Ihnen mein
tiefes Mitgefühl und wünsche von Herzen ganz
viel Kraft für die kommende so schwere
Zeit ohne und doch auch immer mit Timmy tief in
Ihrem Herzen.

Sie können so stolz auf Ihren kleinen Mops sein, so krank und doch so vergnügt da können wir Menschen uns eine Scheibe abschneiden.
Aber dennoch, vielleicht war es einfach genug und er hat sich seinen Frieden ganz sicher verdient.
Ich glaube aber fest, niemals geht man so ganz.
Sie haben so viele schöne Erinnerungen an Ihren Schatz, tolle Bilder, sie finden ihn in jedem Sonnenstrahl und sie haben ihn ewig in Ihrem Herzen.

Lieber Timmy Bär, du wirst hier unten so sehr fehlen. Ich habe deine Seite gefunden, als ich meinen ersten Anfall hatte.
Meine Mami und ich haben dich immer so bewundert. Ihr habt so sehr gekämpft.
Kleiner Timmy, wir werden dich nie vergessen.
Deinem Rudel wünschen wir unendlich viel Kraft. Dein Klein Emil und der Zweibeiner.

Lieber Timmybär
Es war mir eine Freude sich zu "kennen", dein Leben zu verfolgen, mich an euren Erfolgen zu freuen im Kampf gegen die Hexe.
Du und dein Frauchen haben Kimmy und mich stets begleitet und du warst ein großes Vorbild.
Gute Reise Großer, frei von Schmerz und Krämpfen... mach's gut.

Timmy Bär, gute Reise ins Regenbogenland.
Dein Buch haben wir verschlungen, deine Posts
waren immer unsere Mutmacher.
Du wirst uns unendlich fehlen

Lieber Timmy,
ich habe Deine FB-Seite immer gerne gelesen
und Dein Buch ist ein echtes Highlight,
welches mich sehr bewegt hat.
Nun bist Du, plötzlich und unerwartet,
nicht mehr da und ich bin darüber sehr traurig.
Mach's gut, mein Freund und ich werde Dich
ganz sicher nicht vergessen.

Timmy mach's gut… die Lücke, die du
hinterlässt, ist unfassbar groß aber sei dir eines
ganz sicher du bist für viele ein großes Vorbild
und gibst so viel Mut und Hoffnung für andere
Tiere mit der gleichen Erkrankung.
Mach's gut kleiner wunderbarer Timmy,
du wirst nicht nur für deine Menschen
unvergessen bleiben, sondern auch für all
diejenigen, denen du immer mit deinen
Beiträgen, ein Lächeln ins Gesicht gezaubert
oder denen du helfen konntest.

Ich hab Tränen in den Augen. Mein aufrichtiges
Beileid.
Er hat vielen von uns Mut und Hoffnung
gemacht. Mir mit seinen süßen Videos immer ein
Lächeln ins Gesicht gezaubert. Danke Timmy.

Ihr wart ein tolles Team und habt für die Epi Fellchen und ihre Besitzer immer ein offenes Ohr und aufmunternde und tolle Ratschläge gehabt.

Lieber Timmy, ich hab dich so gern über die Wiese rollen sehen. Roll nun einfach oben so schön weiter.

Wer ist nun unser Vorbild fürs optimistisch bleiben? Lieber Timmy, wir kannten Dich nur virtuell und doch warst Du uns ganz nah. Mir fehlen die weiteren Worte...

Wie oft habe ich mit euch gelacht und geweint. Seit dem wir selbst ein Epifellchen hatten, kannten wir euch.
Vielen, vielen Dank, dass du uns ein Stück eurer Reise hast begleiten lassen.
Ihr habt mir immer wieder Hoffnung geschenkt. Auch wir haben der Hexe immer wieder die Mittelkralle gezeigt. Leider mussten auch wir unseren Schatz im letzten Jahr gehen lassen.

Du warst so ein tapferer Kerl. Du hättest in keine bessere Familie kommen können.

Timmy war immer unser Vorbild für ein Leben mit Epilepsie.
Run free Timmy.

Du und deine Menschen haben mir immer Mut gemacht. Auch dein Buch hat mir sehr geholfen,

die Krankheit besser zu verstehen, danke für
alles. Ich wünsche deinen Menschen viel Kraft
in dieser schweren Zeit.
Seid alle lieb gedrückt aus der Ferne.

Du wirst uns wahnsinnig fehlen, du hast uns so
geholfen, der blöden Epihexe die Mittelkralle zu
zeigen.
Vom ersten Epitag an vor 7 Jahren warst du für
uns da und hast uns Mut gemacht zu kämpfen.
Du hast bis zum letzten Tag der Hexe
getrotzt und sie hat dich nicht bekommen.
Danke für alles!

Ich werde dich niemals vergessen, kleines
Timmybärchen, und ich vermisse dich jetzt
schon. Ich wünsche dir eine gute Reise zu eurem
Opa.
Jetzt könnt ihr wieder eure Gurken miteinander
teilen!

Ich weiß gar nicht was ich sagen soll...
Timmy, du super Epi-Mops,
du Vorbild fürs Aus- und Durchhalten,
mach es gut, lass es krachen ...
dort wo keine blöde Epihexe an der Ecke lauert.
Liebe Timmy Familie, viel Kraft!!!

So viele Jahre hast du uns begleitet, wir werden
dich vermissen.

Danke an Timmy und Dich für die unermüdliche
Aufklärungsarbeit.

Und Timmy, bitte sag meiner Amy, dass ich sie für immer liebe.

Danke Timmy für alles, wegen dir gibt es diese wundervolle Gruppe.

Timmy hat den vielen betroffenen Epis so Mut gemacht und bewiesen, dass das Hundeleben trotzdem schön sein kann. Timmybär, komm gut über die Regenbogenbrücke und grüße meinen Eddy, er wartet bestimmt auf dich.
Deine Berichte werden mir fehlen, es war immer noch eine zusätzliche Verbindung zu meinem Eddy.

Lieber Timmy, ich werde deine Posts so sehr vermissen. Sie haben mir so oft ein Lächeln ins Gesicht gezaubert.
Komm gut über die Regenbogenbrücke kleiner Mann.
Ich wünsche dir einen Himmel voller Böötchen, in die du täglich mit einer rasanten Arschbombe hinein hüpfen kannst!

Dein tolles Buch wird für immer ein Andenken an dich sein. Du hast uns in unseren schwersten Zeiten der Epilepsie geholfen.
Komm gut über die Regenbogenbrücke, in Gedanken immer bei dir. Danke für alles!

Danke für alles. Durch dein Buch und deine Geschichten hast du unser Leben bereichert

*und wir konnten Mut fassen, mit dieser
Krankheit umzugehen.
Lieber Timmy, komm gut über die Brücke.
Pass von oben auf unsere Fellnasen auf.
Du warst/bist immer ein Vorbild für uns.*

*Ein kleiner Mann & großer Kämpfer ist seinen
letzten Weg gegangen. Du wirst in all unseren
Herzen UNVERGESSEN bleiben.
Ich habe eure Reise mit Timmy lange verfolgt
und bin traurig, dass Timmy sich auf den Weg
zu seiner letzten Reise gemacht hat.
Lieber Timmy, komm gut über die
Regenbogenbrücke!*

*Das tut mir unendlich leid. Ihr habt mir immer so
viel Mut gemacht und so viel Hoffnung
geschenkt!
Auch dein offenes Ohr, wenn zu Beginn bei mir
so viel Chaos im Kopf herrschte.
Fühlt euch fest gedrückt!*

*Timmy war einer der ersten Epileptiker,
die wir nach unserer Diagnose online gefunden
haben.
Stets haben wir seine Beiträge verfolgt,
auch mal Frauchen um Rat gefragt und
das Buch gelesen. Timmy hat Hoffnung gegeben.
Uns allen, die wir mit der Epihexe kämpften und
noch weiterkämpfen.
Er hat gezeigt, dass ein Leben mit Epilepsie
möglich und schön ist.
Und er hat ein hohes Alter damit erreicht.*

Danke, Timmybär und fliege hoch, ich werde deine Beiträge vermissen. Fühlt euch umarmt...

Oh, wie werden mir deine Geschichten fehlen! Komm gut rüber Timmy.

Run free kleiner Timmybär.
Du warst ein Kämpfer und ein ganz besonderer Möppi. Grüß meine kleine Molli dort oben.
Selbst ich hier aus der Ferne, die ihn nur von Bildern und Videos kannte, kann mir nicht vorstellen, dass es ihn nicht mehr gibt.
Er war ein kleiner, aber wichtiger Teil von so vielen Menschen und man hat sich mit ihm gefreut und hat mit ihm gelitten.
Ach Timmylein...

Lieber Timmy, du hast jedem mit Epilepsie so viel Mut gemacht und gezeigt, was es heißt, nicht aufzugeben.
14 Jahre ist ein wundervolles Alter, dennoch keine Genugtuung. Der Verlust schmerzt tief.
Ich danke dir für deine Freundschaft...
bis wir uns wiedersehen.

Mir kullern einfach nur die Tränen, bei diesen schönen Erlebnissen und der schönen Zeit, die ihr mit Timmy erleben durftet.
Er war auch etwas besonders, wie all unsere Sternchen da oben.
Für uns war Timmy der Mutmachbär für unseren EPI-Kater! Unvergessen - für immer!

*Lebwohl Du Lieber, bis wir uns irgendwann
wiedersehen!*

*Danke Timmy, dass du uns so viel Mut und
Hoffnung gemacht hast MIT der Epilepsie zu
kämpfen und nicht dagegen.*
Du hast damit so viel bewirkt!
Viel Kraft für alle Trauernden...

*Es ist gar nicht vorstellbar, dass es dich ohne
Timmy gibt. Es tut mir sehr sehr leid und ich
umarme dich aus der Ferne.*
*Timmy hatte dank dir und Deinem Engagement
in Sachen Epi ein gutes und doch langes Leben,
auch wenn es ohnehin immer viel zu kurz ist.*
Ich weiß das nur zu gut.
*Komm gut an auf der anderen Seite des
Regenbogens kleiner Mann und grüß mir die auf
der anderen Seite.*

*Du und dein Frauchen haben uns so manches
Mal zur Seite gestanden, wenn wir nicht mehr
weiterwussten.*
*Danke für die Zeit und auch, dass wir ein Teil
eures Buches sein durften.*

*Es tut mir so schrecklich leid. Du hast mich
damals mit meinem Wanja und meiner Angst
hier so aufgefangen und unterstützt - ich
wünsche Dir ganz viel Kraft und unendlich viele
wunderbare Erinnerungen,
die Dein Herz wärmen.*

Und Timmy- komm gut über die Regenbogenbrücke...grüß mir meinen Wanja.

Das macht mich sehr traurig. Timmy war unser großer Mutmacher. Ein Held!

Ich heule gerade auch und ich weiß, was du empfindest.
Timmy war so ein besonderer Hund und das schon für uns, was nur erahnen lässt, was er für dich und deine Familie gewesen ist.
Ich trinke jetzt wirklich ein Körnchen auf ihn.
Run free kleiner großer Kämpfer.

Fühl dich unbekannterweise gedrückt. Timmy und du seid ja so ein bisschen unsere Gruppenidole, wir werden den kleinen Mann vermissen!

Es tut mir so leid. Ich habe dein/sein Buch hier liegen und kann es nicht glauben.
Er wird immer im Herzen weiterleben.
Die Erinnerungen auch unzählig wunderbare Kuschel-Momente und Erlebnisse bleiben.

Ich drück Dich ganz fest. Du und Timmy habt uns so viel Mut gemacht, und ohne Euch hätten wir Dr. Berk nie gefunden und unseren Charlie schon viel eher verloren. Wir sind Euch ewig dankbar und fühlen gerade mit Euch.
Ich wünsche Euch viel Kraft.

Timmy hat vielen von uns Mut gemacht, dass man mit Epilepsie trotzdem ein schönes Leben hat. Besonders seine Mopsrollen waren einfach klasse.

Alles alles Liebe und Gute und viel Erfolg für das Buch. Es war immer toll, etwas von Timmy zu lesen.

Er war ein großer Held und Kämpfer.
Er wird für immer der Epilepsie Ambassador für uns bleiben.

Dein erstes Buch hat uns damals super geholfen, mit der Situation umzugehen.
Durch deine/eure tolle Art, den Alltag zu beschreiben und das ein oder andere auch mal mit Humor zu nehmen, hat echt Mut gemacht. Ganz ganz lieben Dank dafür und fühlt euch gedrückt.

Irgendwie will es noch gar nicht in den Kopf. Man hat sie immer bei sich, auch unsere Erdnuss wird tagtäglich von mir gegrüßt. Danke das ich an eurem Leben teilhaben durfte.

Das Buch "Timmy 1" hat mir beim Lesen wieder Hoffnung gegeben, als es bei uns gerade ganz schlimm war. Ich wünsche Dir liebe Gaby, dass Dir das Schreiben von "Timmy 2" beim Verlust-Verarbeiten hilft. Und uns allen wieder ein Stück weit Hoffnung gibt, auch wenn das Ende traurig sein wird. Danke für all' Deinen Einsatz!

Du hast mir während Kimbas Krankheit oft geholfen und Mut gemacht, dafür danke ich Dir. Ich hoffe das Schreiben hilft Dir, alles besser zu verarbeiten. Bleib stark, sie werden niemals vergessen sein!

Ich wünsche Euch von Herzen, dass es irgendwann leichter wird und die schönen Momente mit Timmy die Überhand gewinnen. Danke für die Facebookseite und das Buch.

Alles Liebe und Gute und ich möchte mich für die tolle Zeit als Follower bedanken.

WIR haben zu danken! Ihr seid alle ganz besondere Menschen und ich bin froh und dankbar, euch kennengelernt zu haben!

Last but not least möchte ich hier einiger Epifellchen gedenken,
die wir während unserer Epilepsiezeit liebgewonnen und leider auch bereits verloren haben.
Viele der Frauchen oder Herrchen dieser Epi-Engelchen sind trotz des Verlustes in unserer Epilepsiegruppe geblieben,
weil sie sich dort wohl fühlen und mit ihrer Erfahrung anderen helfen möchten.
Danke dafür, Aufklärung und Unterstützung ist so wichtig!

✮ Akira ✮ Curly ✮ Kimmy ✮ Fränky ✮
✮ Balu (von Inka) ✮ Balu (von Birgitt) ✮
✮ Maxiking (Max) ✮ Emma ✮ Marley ✮
✮ Mats ✮ Buddy ✮ Nala ✮ Dusty ✮
✮ ChouChou (Linchen) ✮ Ashley ✮
✮ Scally ✮ Aaron ✮ Naomi ✮ Hope ✮ Pepe ✮
✮ Anubis ✮ Ferry ✮ Frodo ✮ Booker ✮
✮ Jack ✮ Paco ✮ Spike ✮ Merle ✮ Gwenny ✮
✮ Rookie ✮ Buddy ✮ Whisky ✮ Eddy ✮
✮ Molli ✮ Wanja ✮ Charlie ✮ Wally ✮
✮ Ardan ✮ Ayk ✮ Lucky ✮ Ginger ✮ Enny ✮
✮ Helmut ✮

Die meisten davon sind übrigens nicht „an der Epilepsie" oder aufgrund eines Anfalles gestorben.
Auch unseren Epifellchen bleiben zusätzliche Baustellen leider nicht erspart oder das Schicksal schlägt fies aus dem Nichts auf unterschiedliche Weise zu.
Da ist man machtlos!

Keine Epilepsie, aber unvergessen:
☆ **Rex** ☆ **Müller** ☆ **Fred** ☆ **Justin** ☆ **Sammy** ☆
☆ **Chico** ☆ **Rico** ☆ **Shadow** ☆

Ein ganz besonderes Dankeschön geht an unsere tollen Tierärzte, ohne die wir niemals so weit gekommen wären.
Das gesamte Praxisteam der Tierarztpraxis Wolf war all die Jahre für uns da und hat jederzeit kompetent und liebevoll alles dafür getan, dass es Timmy gut ging.
Es wurde von Anfang an offen kommuniziert, dass ein Spezialist in Sachen Epilepsie hinzugezogen werden sollte,
um das Bestmögliche zu erreichen und die Zusammenarbeit funktionierte jederzeit perfekt.
Das ist nicht selbstverständlich und wir sind dafür wirklich sehr dankbar!
Wir wurden voller Herz und empathisch auf Timmys letztem Weg begleitet, ganz ruhig und mit vielen gemeinsamen Erinnerungen. Sollten wir uns wider Erwarten nochmals in einen

Hund verlieben, wäre das immer und jederzeit weiterhin die Praxis unserer Wahl!
Unser Dr. Benny stand uns danach aus Entfernung bei.
Wir haben in den ersten Tagen schon morgens um 6 zusammen geweint und unsere gemeinsame „Laufbahn" Revue passieren lassen. Unser „Kennenlernen" und was sich daraus im Laufe der Jahre entwickelt hat.
Aus Tierarzt wurde Freund und Vertrauter und ich möchte nichts davon missen.
Ich habe so viel gelernt in dieser Zeit und konnte die ganze miese Krankheit immer gelassener händeln, was natürlich auch Timmy zugutekam.
Benny ist und bleibt für mich ein ganz besonderer Mensch!

Danke an meine Familie und Freunde, ohne deren Einsatz mein Epifahrplan nicht funktioniert hätte.
Ausnahmslos alle hatten immer Verständnis dafür, dass wir nach Timmys Fahrplan leben mussten/wollten.

Nur wenn sich jeder an Zeiten und gewisse Spielregeln hält, macht das Ganze
Sinn und zusammen mit unseren Ärzten waren wir ein richtig gutes Team!

Danke an Timmys treue Follower und unsere Gruppenmitglieder. Danke an alle, die tapfer bis hierhin gelesen haben.

Schaut heute Abend mal aus dem Fenster.
Ich wette, da leuchtet ein Stern besonders hell.
Das ist ein persönliches Dankeschön meines
Ghostwriters Timmy.
Und wenn ihr ganz leise seid, hört ihr ihn auf
seine unverwechselbare Art motzen,
weil sein neues Personal sich nicht an seinen
Tagesplan hält.

**Timmybär, wir werden dich niemals
vergessen! Wir lieben dich!**

The End